To Love is To Live

亲爱的，去生活

苏更生 著

北京联合出版公司
Beijing United Publishing Co.,Ltd.

人总有想哭的欲望，读什么书、听什么歌、看什么电影，只是在找一个借口。

——苏更生

2666

目　录

日本：世界尽头与冷酷仙境 / 1

越南，越南 / 25

燕郊纪事 / 31

回　家 / 36

过　年 / 40

牛肉粉之恋 / 44

忆傅惟慈 / 48

浓糖、疾雨和莲花 / 54

我认识的一个渐冻人 / 62

恋恋风尘 / 66

和这个世界相处不好 / 71

三个女人 / 74

亲爱的，去生活 / 77

一个异见分子的一生 / 81

怀着柔情恨祖国 / 87

笨蛋，不只是香港！ / 93

作家与刻薄 / 97

卡佛先生，你的电话号码是多少 / 100

好小猫 / 104

走过的都是必经之路 / 109

旅行的意义 / 115

世界上最坏的小猫 / 121

故园风雪后 / 128

给北京的一封信 / 142

正义是一种教养 / 149

我心中最美的短篇小说 TOP10 / 152

给爱德华・诺顿写信 / 164

闪着光像钻石一样孤独 / 187

因为生活比战场更残酷 / 191

女作家和八卦 / 194

寒冬只读契诃夫 / 198

请做个有钱的弱者 / 201

谈谈钱 / 205

你为什么这么穷 / 207

生病一年 / 211

这一年的奇妙旅行 / 220

日本：世界尽头与冷酷仙境

即便我没有长住过京都，仅是匆忙路过，我也知道京都是世界上最漂亮的城市，加不加“之一”，都没有太大的问题。京都地处日本南部，纬度上接近中国南方，因地处盆地中央，城市四面环山，住久了，反倒对此地的美产生了怀疑。这里太干净、精致和平静，以至于像是这地球上最大的盆景。前年因为工作，被派到京都住了几个月。时间很短——刚学会点餐的日语——以至于短到只惊诧于它的美。

初到一个城市，最先打交道的就是便利店。人成年后，生活归零的机会不多，搬到异国他乡，便有了种重新开始的感觉。生活琐物，无一不需要重新购买，刚租好房子那几天，频繁往返于楼下的便利店和药妆店。生活在现代社会，消费是和世界最初的关联。我徘徊在货架之间，在陌生文字包装的诸多商品里，构建我的新生活。

回国之后，许多事都忘记了。当初写下的游记，现在看来像是记录的陌生人的生活。只是在日本养成的消费习惯还留着。日本制造业与零售业竞争激烈，每样日用品都铆足劲，极力妥帖。刚到那会儿，我总是惊讶地发现，为什么还有这种东西？比如，静电拖把，就是一个普通拖把而已，只是把抹布换成了一次性湿纸巾。每次拖完地，直接扔掉，下次再用，换张干净纸巾即可。比起布头拖把或海绵拖把，它方便许多。当然，一次性就代表反复购买。在反复洗拖把和反复购买之间，商业需要你选择后者。

不仅是拖把，还有许多新奇的东西令我着迷，比如说洗衣球，用可溶于水的塑料薄膜包裹住的洗衣液，丢一颗到洗衣机里，衣服洗得干净，温柔的香味可以留存大半个月，还有浴室地漏上的贴纸。为了防止头发进入下水道，日本人发明了这种贴纸，撕下来，贴在地漏上，水可以顺畅流下，头发留在了纸上，没有阻塞下水道的风险。这实在是非常日本的聪慧，欧美人喜欢在厨房下水池安装厨余垃圾粉碎机，但日本人不是，他们发明了一次性网兜，套在水盆下水处，水还是可以流出，但食物残渣被兜在网兜里，隔几日摘下扔掉，换上新的，成本廉价又省事。这和厨余垃圾粉碎机不同，粉碎机是一次投入，永久使用，而网兜对人的要求高了些，便宜但需要反复操作，这也非常日本。

在日本住久了，对遍地都是便利店产生了亲切感，这里是人人都消费得起的地方。日本零售业似乎并没有像其他地方一样衍生出高、中、低档。不像在美国，华尔街的人喜欢去Whole Foods（全食超市），中产去Costco（好市多），普通人去Wal-Mart（沃尔玛），日本像是所有人都在便利店消费。这或许跟日本人的收入差别并不太大有关系，阶级分层并不明显。日本上班族的薪水，按照年龄大概能推算出来。大学毕业生初入职场，月薪在一万元左右很正常。随着年龄增大，职位升高，年薪渐涨。在日本，似乎没有辞职这种说法，一个人进了某家企业，只要不出太大的娄子，一定可以做到退休。

日本企业极少有人离职。无论是对企业还是员工，犯错被开除是极大的丑闻。即便犯了大错，公司想要某位员工离职，也不会明示，或许会安排员工去茶水间看报纸，如果脸皮极厚，看了三个月报纸也没有递上辞职信，事情也有转圜的余地。在日本职场，不犯错比表现优异更重要。在日语中，“领导”被称为“担当”，如果想要推进某个项目或商议某件事情，一定要担当出面才行。万一担当没空，其他人是不会承担起任何责任来推进事情的。日本企业制度明晰、分工合理，这保证了正常运行，但不愿承担任何个人责任，也导致了效率低下。

我刚到京都的时候，住在酒店。我和中介选定房子，交付定金，以为几天便可以搬进新公寓。结果我在酒店住了几乎半个月，中介也毫无办法，各种防火防灾重金属检测必须来上一遍。这种秩序井然、分工细化的制度，既保证了安全和有序，也降低了办事效率。租房需要半个月来办手续，这在国内是无法想象的。在北京，连实习期的房屋租赁中介都能在一下午搞定租房。

当时我很不习惯，后来我发现装网线需要两个月，也就没什么脾气了。这里是日本呀，这是文明和精细化的代价。只是在电车上，看到很多日本人还在使用翻盖手机时，我牢牢抓住自己从国内带来的移动 Wi-Fi，心里暗想，这种代价是不是太大了？

虽然日本没有极穷的人，但极富的人确实很多。日本匠人精神时常为世界称道，某位寿司师傅，终其一生，只开一间小店卖手握寿司，只选用最好的食材，维持手掌的温度，研究芥末的比例，掌握顾客下咽的速度，听起来确实让人感动。当然，价格也让人想流泪，一顿饭动辄几千上万元。在日本，每个种类消费品里，几乎都有极其奢华的顶级产品，而匠人精神则为高昂的价格提供了合理性。

在匠人精神发达的背后，无非也就是有极其富裕的阶层能为它们埋单。

有人常说中国制造业没有匠人精神，这也只是时间问题，富人富起来的时间还不够长，制造和服务业还没能赶上富人的消费脚步。日本各大财阀背后是传了数代的家族，各类商业之中都可以看到熟悉的财阀的身影。垄断对商业而言当然是好事，但这也挤占了创新的空间。年轻人除了进入某家企业上班，其实没有多少选择。不过即便选择空间狭窄，沦为赤贫的可能性也是极低的，就算没有文凭、年龄偏大，只要勤奋，打上两份零工，月入一万元，比之大学毕业生，收入并不会少很多。

住在京都，我时常会感觉时间很慢，像是社会发展到了某个阶段会趋于静止，不时会想起福山所说的，人类政治文明最后的形态走到了终点。有一天傍晚，骑自行车到祇园散步，天色渐暗，祇园有几条路，灯是装在地面之下，投射到和式建筑上，光影不明，格外好看。那天我骑着骑着，一位艺伎突然小跑出来，差点撞上我的自行车。她并不是平常见到的浓妆艳抹、白脸庞、木屐盛装的舞伎。

她身量矮小，穿着极贴身的浴衣，红唇淡妆，皮肤自然白皙，头发梳得一丝不苟，发髻盘在脑后。快要撞到我的时候，她回过神来，退了几步，赶忙鞠躬致歉。舞伎的美，更符合人们对日本的想象，而眼前这位艺伎的美，却是美得极致。回想谷崎润一郎写的《细雪》，里面所描写的大户人家的小姐，大概就是如此。她更符合我对日本之美的理解，只是日常生活里的匆忙一瞥，也让人如窥仙境。

只是这种美，确实太昂贵了。大概也只有女人才能理解，每一寸的美都是要付出时间和代价的。我记得托尔斯泰在《战争与和平》的结尾里写过，生活归于宁静后，贵族家里的每个盘子、每件衣服，都需要操心。走在京都的路上，每家每户门口都有照料得当的植物，不少人家门口的灯饰、摆件都漂亮得惊人。走在富人区，传统日式建筑屋檐上所放的石像，动辄几万元。日本人愿意在审美上投入的精力和花销，也让我觉得惊讶。

不过说来也奇怪，虽然日本人舍得为审美投入时间，但日本建筑却不好看。日本房屋多为两种，一种是传统的和式建筑，在京都很常见，另外一种更普遍的是现代公寓。这些公寓样式很类似，尽是些不到十层的长方形楼房，正面是一条长长的走廊，十多套房间沿着走廊一字排开。在很多日剧里都可以看到，在大城市工作的年轻人租住的房屋，回家时需要走过长长的走廊。这些房屋确实毫无美感，比之多种多样的欧美建筑，难免乏味。

大概这些泡沫经济后几十年内建起来的房子，也代表了日本人的实用与朴素。不过硬要冠上被现代人所推崇的极简风，也只会让人心酸。不仅如此，回头再来看上海法租界，法租界的建筑美、浪漫，日租界实在拿不出手。

我住的公寓，便是这种长走廊样式的。其实在 20 世纪 70 年代和 80 年代，中国也有类似的外走廊板楼，只是随着时间推移和房地产业的更新，这种建筑样式在国内已经被淘汰。但在日本，它却被保留至今。并非日本没有更高级的公寓，而是日本的生活习惯能更好地适应这种建筑样式，中国的外走廊板楼往往因为缺乏管理，变成堆积杂物、儿童吵闹的脏乱差场所。而在日本则不会，除了上下班时间，走廊上几乎看不到人，更不会有人喧哗。

日本的公寓或许看起来寒酸，但配套设计和服务并不简陋。除了公共走廊，每家都会有自己的阳台。在日本，公寓内的阳台也不是私人财产，而跟外走廊一样属于公共区域。开发商在出售房屋时，数十平方米的阳台不计入出售面积，属于赠送。公寓的拥有者不能在阳台上堆放私人物品、晾晒衣物或长时间喧闹，因为这个阳台是公寓内最重要的逃生通道。

每家阳台可以安装可被轻松拆卸的隔板，保证个人隐私。在阳台地面上，都有逃生通道口，里面安装了悬梯，一旦发生火灾或其他事故，可轻松踹开隔板，跑到邻居阳台求助，或打开通道口下到楼下的阳台上，一层一层逃到室外。这样即便有火灾发生，人能活命的概率也就大多了。之前看日本人的阳台清清爽爽，甚至变态到了不能站人，住久了才会意识到，这样的严苛是制度完善健全的体现，人会活得更安全。

我的房间也很小，一张单人床再加柜子，摆好书桌与椅子，就没多少空间了。日本主妇善于收纳，大概也是因为屋子小的缘故。她们总是在有限的资源和空间里，尽力过上精致的生活。

在日本住久了，会逐渐习惯发达的交通系统，虽然私家车也不少，但电车肯定是大部分人最常使用的公众交通工具。住在京都，从市内任何地方坐电车去大阪、奈良、神户，都不过一两小时的车程。日常通勤，电车更是方便。日本人约人见面，可以精确到分钟，因为电车系统发达可靠。算准时间出发，几乎不会出错。但也有意外，就是遇上有人跳轨自杀。在日本住久了，总会遇到几次电车停运或误点，几乎都是因为有人从站台一跃而下。

关于日本人自杀的研究不少，其实在全球看来都很类似，无法治愈的疾病、工作打击、家庭情感变故，这些都是人选择结束生命的主要原因。但让我很不解的是，一向不给人添麻烦的日本人，在主动结束生命时，却选择了一种可能会麻烦几万人的方式。一旦有人跳轨自杀，电车停运，部分交通系统就会瘫痪。虽然在不同的时段，选择不同的线路自杀，造成的影响有大有小，但这种方式确实给其他坐电车的人带来了不便。

有一次，我在电车上，电车突然停运，因坐在靠后的车厢，幸好没有亲眼见到有人一跃而下结束生命。四周的人都很安静，继续看书或低声交谈，没有因为这次事故而感到特别意外。等到处理完毕，或继续出发，或换乘其他线路，被耽误的人可以领取人身事故的证明，向公司或学校解释迟到的原因。那天我排队出站，看着人们平静有序地接过证明，深感震撼。有人死了，是的，虽然这世界随时有人死去，但有人在几分钟前死在你附近，又是另外一回事。对像我这样的无神论者而言，死亡是彻底的无意义。

或许对泛神论的日本人而言，死亡并没有那么恐怖，结束生命是种有终之选。或许在那个时刻，我明白了那么一点点，日本所谓的有终之美，自杀的那一刹那是极度的自我放大和确认，用死亡来展示自我，所以必须在人前，不能默默死去。

不过这毕竟还是件吓人的事，在日本也有各类关于跳轨自杀的传言。例如自杀后，亲人将面临巨大的赔付起诉，从几十万到几百万元不等，用于支付电车公司在事故时选择其他电车公司代运行、设备损坏、职员加班又或电车司机的精神损失费。但这也只是种传言，有电车公司的人专门解释过，这是极少发生的，除非造成极其恶劣的影响。不过这种传言的存在，也说明日本人还是害怕给公众添麻烦。在各种论坛上，会有人专门讨论这些传言和细节，甚至有人统计出跳轨自杀的存活率大概在10%。如果不幸活下来，你将面临什么？在网络上，不少跳轨的人在自杀前发布言论给自己加油打气，不得不说，这也是种奇观。

即便每日生活在这个狭长而宁静的岛国，它的独特之处也会时刻提醒，这确实是世界上很独特的一个国家，这里的人也很独特，个体的差异并不能减损群体的共性。走在路上，身着套装的上班族、打扮奇特的年轻人，还有脸蛋扑得极红的中年女性，又或者是穿着和服的老太太，都时刻提醒着我一件事——这里是日本。

那年住在京都，正好是夏天，京都是个小盆地，热起来真是惊人。7月中旬，京都要举办全日本最大的天神祭礼祇园祭，这项活动已举办了上千年。每到这个时间，人们穿着传统服饰上街游玩，观看游行的神教，不时有烟火大会。不巧的是，那几天突然来了台风，而后又下起了暴雨，甚至有山体滑坡的危险。那天我收到市政府短信，通知如果感到危险，请及时到家附近的小学避灾，并附上了地址和电话。日本的各类防火系统有条不紊，学校和公司经常举行防灾演习，为了让大家都参加，甚至会邀请身材火辣的当红女星，衣着清凉，表演攀爬消防梯。

所幸那年的暴雨并没有造成灾祸，唯一可惜的是祇园祭却取消了几场，剩下的活动，我都没能赶上。暴雨过后，赶上酷热，我租住的房子正好在医院对面，每到深夜，救护车响得惊人，几次吓得我从床上跳起来。那年因为酷热，中暑和因为温度过高而死亡的人很多。

那阵子天空特别美，或许是因为雨都下完了的缘故。京都的高楼很少，住宅大多是十层左右。因为楼层都低矮，天空很开阔。暴雨时期京都天色一片铅灰，倒没觉得有何特别。几日后放晴，天又热起来，我的房间朝东，落地窗外是延绵的低矮住宅，最远处是山。每天我会看一会儿云，白天是大朵大朵的白云，傍晚是铺天盖地的火烧云，美得让人沉默。

我最喜欢的时刻是傍晚，那种天光渐消、将暗未暗的时刻，城市的灯火还未亮起，这座城市带着高贵而透明的黑暗。在京都待久了，对神社已然无感，游客最爱的清水寺、金阁寺，看过一次也就够了。日本神社的古朴和雅致不需多言，特别是枯山水，硬要看上两三小时看出一丝禅意，其实也挺烦人。只有京都傍晚的天色总是让我很着迷，几乎百看不厌。

每个傍晚，我都会骑自行车出门，没有目的地，也没有固定的路线，穿行在大街小巷。有一次，骑车骑得太远，到了一间神社门口，发现是北野天满宫，一时兴起进去看看。

北野天满宫与大多日本神社都不太一样，它装饰华丽，五颜六色，被昏黄的灯光一打，甚至有些流光溢彩。在日本拜神极为有趣，神龛前都有摇铃，上去拉拉铃，让神注意到你，再往钱箱内丢几枚硬币，拍拍手，可以向神许愿。日本天神很多，竟有百万。每个神都有不同的职责，最著名的稻荷大神主财，而北野天满宫，则是主文化，很多考生在考试前，都会来这里求神保佑，考个好学校。

那天晚上，正好遇到北野天满宫关门，进去待了十多分钟，里面的僧人白衣飘飘，有的扫地，有的收拾，我匆忙出来，看到僧人忙碌时白衣飘然，衣角迅速隐没在黑暗中，觉得很美。我一时走错了门口，竟找不到同伴。当时移动 Wi-Fi 在同伴身上，手机全然无用，只好坐在门口。

后来我才知道，那晚我是从后门出来的。后院的入口处，横着一棵巨大的树干，挡住了车辆。天色已经很晚了，我坐在木头上，灯一盏一盏地熄灭，只有门口留了一枚小小的灯泡，身后是百年前的神社，天色太暗了，月亮也失去踪影。那一刻非常宁静，宁静到了我以为自己穿越回了几百年前。或许几百年前的古人，就是这么看月亮，就是这么等人，就是这么将心愿寄托在神身上的。我坐了十几分钟，同伴终于找来，我们俩推着自行车，一拐弯就走回了居民区，看到了便利店，瞬间又回到了现代。或许只有在京都这样的城市，才可以这么自然地体会到历史的流动，轻易给人穿越之感。

或许用穿越并不恰当，而是日本的传统仍然保存在了日常生活之中。几年前，第一次去日本，那次只是短暂出差，结束工作后，下午去南禅寺转。那天突然下起了鹅毛大雪，寺内有人举行婚礼，正好遇到新娘和新郎站在门口等候客人。新娘穿白无垢，雪白的脸上是鲜艳的红唇，新郎穿传统服装。几部黑色的礼宾车缓缓驶入，穿着和服的亲友们下车。他们款款走在雪里，走向那对新人，真是美极了。

我在南禅寺内散步时突然想起川端康成写的《古都》里，女主人公千重子就是在南禅寺与恋人散步谈天。住在京都，略微留心，这种历史和现代、文学和生活的交汇实在太常见。不过在南禅寺举行婚礼仍然是富人阶层的消费，像南禅寺这种有名气的大寺庙，租赁费用昂贵，整场婚礼花费几十万元不在话下。

日本大多神社和寺庙都是私有的，政府又特别补贴，无须交税，门票和收入都归私人所有。出家在日本算是不错的职业选择，僧人大多是子承父业，他们既可结婚，又可以吃肉。既然神社和寺庙是私有财产，相当于一家盈利公司，为了增加收入，僧人自然是想尽办法让客人多来。日本神像大多可爱至极，最出名的稻荷大神便是一只狐狸。每个神社创收的方式多种多样，不仅有许愿钱箱，还生产各类周边产品，例如手机挂饰，各种产品都极尽心思，让客人愿意掏腰包买下。几百年的神社和寺庙在商业的自由竞争中也遍地开花，审美越来越高级。稻荷大神不仅是大神，也是极为成功的商业产品，在日本各地都有分社。最著名的京都伏见稻荷大社，社内的成千个朱红色鸟居，便是各大商业公司捐赠的，公司和商人都以能在此留下鸟居为荣。

鸟居有大有小，财力雄厚的，鸟居就大，柱子都比其他公司粗很多。当然，最重要的鸟居是四百多年前丰臣秀吉捐赠的大鸟居。几百年来，成千的鸟居伫立在此，密密麻麻，每一座鸟居都是希望，都是历史，不论时间如何流逝，不管世事如何变幻，这些关于希望的执念，都很动人。

来日本前，总见有人谈论日本泡沫经济后停滞的数十年，以为此地如何凋败，但在日常生活中好像并非如此。日本国内经济竞争异常激烈，各个门类的精细化程度令人咋舌。平时我除了去便利店，每周还会去大型超市购买食物。在京都的超市里，物品种类多，每样都很令人惊喜，光是豆腐，都有几百种，即便是嫩豆腐，都能分出十几个不同的品牌和分类。还有薄荷叶，即便只是三五片，也会洗干净放在包装盒里。就连卖一个西瓜，瓜农也要签上自己的名字，写上几句诸如“种瓜已久，保证质量”之类的话。当然了，如此精细，价格也自然不菲。

不过有些东西就便宜极了，比如说饮料。之前在某本书里看过一个说法，大概是一个国家的富裕程度往往体现在人们喝什么饮料上。在发达国家，人们选择各类饮料、茶水和咖啡，很少会有喝白水的习惯。英国也是在工业革命后，茶才成了日常饮品。日本作为发达国家，这一点特别明显。饮料自动贩卖机在街头随处可见，三五步就有一台。这些贩卖机属于不同的饮料公司，机器中只出售自家公司饮料，品类多得惊人。商业的自由竞争带来便利，也培养了消费者的习惯——日本人喜欢喝饮料，饮料不比纯水贵多少。

日本商品市场竞争激烈，简直到了残酷的地步，又因大部分日常消耗品由女性来做消费决策，各类厂家在包装和产品样式上各类卖萌。在日本住久了，会觉得这是个举国卖萌之地。不过日本人和全世界人民一样，怕胖，于是，各大饮品公司又开辟了新战场，无糖低糖饮料、果汁、蔬菜汁，包装上写明含糖 10% 或 30%，任君自选，包装又天然而有野趣，极力让人相信这是健康的。

不仅是饮料，日本零食也是如此，品类繁多，特别好吃。奇怪的是，虽然食物如此丰富，但日本人普遍并不胖，此地的中年人，特别是妇人，根本没有中年发福的困扰，个个都精瘦得要命。偶尔见到胖子，那一定是极端的胖，必定要超过二百斤。

按照日本人的收入，这些日常消耗品并不算太贵。泡沫经济后，此地仍然商品丰富，人们的生活并不困顿。虽然日本政府并不鼓励进口，关税也不低，但比之中国，外国商品还是便宜太多，所以日本人并不需要代购。

在日本工作，总是要跟日本人打交道，鞠躬是免不了的。我最怕的是道别时分，每次都得深吸一口长气。日本人一定会把客人送到电梯门口，然后反复鞠躬，电梯里的人也会反复回礼。可气的是，日本电梯普遍狭窄，又装有自动探测器。如果鞠躬被探测头感应到，门不会合上。这样电梯门一开一合之间，总要鞠躬十几次。好不容易等门合上，里外的人都已经晕头转向。

日本人守礼举世闻名，但这种礼貌多半是出于规矩，要说有多少真心则谈不上。日本人喜欢这种礼貌吗？我看也未必。只是他们界限森然，不熟的人，礼貌相待，如果熟悉了，也可以很轻松地交往。虽然说，日本人在公共生活，例如工作中，极为刻板；但在私人生活中，却又极为放松。

如果你试着和日本人喝顿酒，就能发现，其实日本人的面部表情也是很丰富的。有一次，因为工作，与同事们住在一家温泉旅馆。那时工作即将结束，大家都很轻松。日本合作商泡完温泉，喝了几杯酒，竟然开始唱歌跳舞，全然不顾浴衣宽松，随时有走光的风险。一屋人在寒冬里，泡过温泉，喝了清酒，面色发红，这位日本人开始吐槽起自己的上司来。我们与他并非熟人，只是因为工作短暂相处一周，此刻他却放下戒心，跟我们诉起衷肠。

日本人有种普遍的表情，最典型的就是瞪圆眼睛，露出惊讶的样子，这种典型的表情在韩国人身上也很明显，他们是脖子朝后，张大口，表示惊讶。或许因为我是中国人的缘故，反而总结不出中国人的什么规律来。

在日本，走在街头，最好玩的场景莫过于看日本人接电话。下班时分，白领们疲惫又沉默地走在路上，这时如果来了电话，他们会立即停住脚步，挺直身板，然后昂起头，把手机放在耳边，精神抖擞地说，莫西莫西。后来住久了，才发现，日本人只有在接不熟的人或工作电话时才如此，如果是闺密、恋人，接起电话后，说莫西莫西，也会拖长字音，懒懒散散。

虽说日本人各有不同，但可以确定的是，他们的公共生活，特别是在公司，是很压抑的。我有位中国同事，原在日本大型企业上班。他留学日本数年，早已习惯日本人的生活方式。但他发现，学校和职场确实是两种截然不同的环境。他初入职场，发现这间日本第二大的电器企业每个月都让员工给自己评分，他自觉干劲十足，打 80 分，结果被上级找去谈话，问：“前辈们都给自己打 50 分，你怎么可以打这么高呢？这次就算了，下次还是从 30 分打起吧。”

他一时语塞，日本企业的等级制度分明，下级必须无条件服从上级，若有任何个人主义表现，则视为越礼。日剧里常见男人们下了班三五成群在居酒屋喝酒，其实这是件苦差，下级不能拒绝上级的邀请。虽然说，与朋友同事相聚肯定会快乐，但无法拒绝，当然令人苦闷。不过这对日本人来说，下级服从上级，是类似于“日本的真理”，身在其中，或许不觉得受到束缚。

不要以为一旦熬出头，成为担当甚至社长就能获得完全的自由。在日本企业上班，即便职位很高，上班也只能开日本车，即便你是社长，对奔驰车强烈着迷，那请你在周末自己开车玩吧。上班的时候，请老老实实开日本车。这种无形又全方位的拘束，很容易让日本人变得压抑，即使在私人空间中极为放纵，也是对压抑的反叛。

在日本与众不同，付出的代价比别的地方更高。那些流连于新宿站、打扮奇特的年轻人，也只是因为他们的同伴都那么古怪而已。当周围的人都奇特的时候，奇特就成了趋同。

若说住在京都时留下的遗憾，那就是我几乎没有交到朋友。这与我不会日语有关，但即便是生活在日本多年的中国人，只要不是出生在日本，融入日本人的圈子也是件难事。

我最常去京都站附近的一家烤肉店，店内有个中国女孩在里面打工。每次去，都见她忙忙碌碌，不停地点单传菜做服务，店内就她最忙，虽然其余的服务员也勤恳，但她几乎像个陀螺转个不停。遇到中国顾客，她理所当然地干更多活。同事告诉我，如果想融入日本人的圈子，你必须得让他们相信，你能做得比日本人更日本人。

在日本企业工作，普通的职员一刻不闲，即便只是在咖啡馆打零工，那也手脚不能停，收银保洁服务，有任何空当都是不对的。这个中国女孩想要融入这间烤肉店，就必须比日本人更努力。但那些不想融入日本人圈子的中国人，则生活在自己的圈子里，在日华人有非常紧密的社交圈。华人几乎覆盖了每个行当，留学机构、房租中介、二手家具、装修维护，任何本地服务都有中国人存在。初到此地的中国人，只要通过一个人，就可以找到相应的中国人。

这也解答了我长久的疑惑，为什么久居海外的华人会比国内的人更爱国？一旦国际上有任何外交事件，华人立即就会团结起来声援祖国。或许是因为在海外的华人本身就有紧密的圈子，而且生活在异国，会以国和国的关系替代人与人之间的关系。

虽然说几乎没有交到朋友，但我还是有半个日本朋友的。我住的房子后面有条河，河床干枯，常年无水，成了流浪猫的聚集地。那几个月，傍晚骑车回家后，我就会提着猫粮袋子，走到河边去喂猫。那时夜已经很深了，只有河岸旁的民居里透着微光。

我站在河床边，搓响手中的塑料袋，数十只猫咪就会从四面八方跑来，场面非常壮观。

喂完这里的猫，我还会走远一点，去到一所小学附近的停车棚，那里住着一群刚生下来的黑猫和一只瘦弱的短毛杂花狸猫。我每次都把罐头留给这只瘦弱的花狸猫，为它额外补充营养。它和其他流浪猫不同，十分亲人，吃完就躺在地上任人抚摸，发出咕咕的满足之声，有时还会爬到人腿上，主动蹭人。比起河床上那群吃完就走的白眼狼，它可爱多了。

久了我才发现，不止我一个人在喂猫。单车棚里偶尔会有便当盒，隔天又被收走。我想，这只猫妈妈肯定还征服了其他猫奴。有一天，我终于见到了另外一位喂猫人。她是个单薄的老太太，她会把自己做的猫食放在这里。我们用日语打了招呼，她意识到我并不是日本人，但还是笑眯眯地告诉我，这只猫叫妮酱，是这群黑猫的妈妈，她还说了很多，但我的日语只能理解到这种程度。我还傻乎乎地问她，那黑猫的爸爸呢？老太太笑眯眯地看着我，听不懂我在说什么。

后来我们俩经常在喂猫时遇上，虽然言语不通，但同是对猫的喜爱，以及对喂猫人的亲切，总是能通过眼神交流。回国前，最后一次去喂猫的时候，我多给了狸猫妮酱一个罐头，告诉它我要走了，以后不能来喂了。那天我特意多等了一会儿，只是可惜，没等到那位老太太，没能与她告别。

虽然说群体的共性不能替代个人的差异，但是我也知道，每个人的差异大过国籍、肤色和性别。如果时间足够久，我想我可以和这位日本老太太成为朋友。这种喂猫的感动，远比宏大的理念真切得多。

虽然在京都的日子都过得一模一样，有时重复到了枯燥的程度，我还是会被它震撼。我租住的房子在市中心，楼下是间便利店，我时常下去买饮料。有一天晚上我去便利店，发现想买的那款饮料卖光了，就走去斜对面的药妆店买。我来过这间药妆店很多次，大多时候都是在白天，没注意到隔壁有间很小的神社。那天晚上，神社门口的两排灯笼亮起来了，门口的两棵参天大树投下黑影，灯笼显得很亮。我走到旁边看了看，这间神社真小呀，大概占地不到一百平方米，院子里的神龛中供着神，靠里有间小屋子，里面大概是有人在合唱。

我站在院子里看了一会儿，发现这间神社似乎已在这里几百年了。

那一瞬间我觉得很感动，或许是那种屋内合唱的声音，又或许是灯笼的光与明亮的药妆店比起来太过微弱，我似乎感受到了某种神圣。它与京都最负盛名的寺庙、神社的庄严而宏大都不同，这里是种日常的神圣。这间神社就静静地在现代化的住宅和商务区里，低矮地存在了这么多年。

这种日常生活中的神圣，会在片刻里让我意识到这座城市的固执。京都之所以能完好地保存建筑和传统，与政府的努力分不开，但更重要的可能是京都人的骄傲和固执。国内若有某地成为旅游区，那几乎可以想见，热门商圈的住户们都迫不及待地出租自己的房子，改造成商铺或民宿赚上一笔。但京都人似乎并不这么急切，有些老人，房子宁愿空置，也不愿租给任何人，子女们继承了房屋，也不愿出售。这些普遍的选择里，难免是因为他们把自己的生活、坚持的传统，看得比钱更重要。

只是这种固执有时会显得很刻板。我有一次与同事吃饭，看到有店内卖烤鸡翅，一盘两只，我们三个人，想点一份半……跟店员说了很久，最终被拒绝了。在店员和老板看来，一份鸡翅就是两只，要么两只，要么四只，三只不符合规矩，宁愿不卖。

久居日本的中国同事也跟我抱怨，每次回中国办事，总有人告诉他，这样也可以，那样更方便，搞不好托托关系，不用费力也能解决；可是在日本，办一件事，就只有一个办法，这样多省心！这种极端守规矩当然会给人安心之感，因为罕有变故，只要因循规则，一步一个脚印，最终总可以办成。只是在这种环境下，破坏规则的代价就很大。有一次，我傍晚散步，忘记看红绿灯，在红灯时过了马路，结果两边都有车飞快地驶过，我猛然侧身才没被车撞。日本很少有人闯红灯，司机默认不存在这种状况，于是把车开得飞快。但万一有人闯红灯，被撞死的概率就很高。

为此，在日本遵守规则才是最重要的。我不得不承认这里是缺乏活力的，因为创新和发展，需要破坏。在完善且刻板的制度下，发达社会就像被诅咒了，只是在其他地方，这种诅咒似乎没有日本来得严重。

住在日本的中国人最常被人问的是，你觉得日中关系以后会怎么发展？——这对我而言，近乎天问。其实他们真想问的是，你觉得日本还会侵略中国吗？这个问题值得思考的并不是它的答案，而是提问的原因和心态。回溯历史，中日关系肯定是中国历史上最纠结的一段。即便在世界大战中，中日也并非两个交战国那么简单。一个小小的看似温驯的岛国，竟然狂暴地侵略了它巨大的邻国。这里的重点在于中日原本不平等，而看起来弱小的日本竟然如此残酷，并且侵略得极有效率。

即便在最激进的中国民族主义网络社区中，辱骂美国和辱骂日本，也是出于不同的心理状态。对日本人，中国人往往有复杂的情结。在很多关于日本的文章中，一类是纯粹出于历史的厌恶，另一类是全然的赞美此地的美、干净、优越，但是这种赞美背后，怕也是有恐惧存在。

这么多年来，中国人观察日本的视角，大多都是仰视或俯视，却很少有平视的。在京都住久了，我作为中国人，也体察到了自己心态的变化。我不再赞美或厌恶日本，甚至没有恐惧，开始平视这个国家。这或许也是跟近年来中国的经济发展相关。中国确实变得自信了，她的国民也如此。

我想这种心态的改变不只发生在中国人身上，同时也让日本人发生了改变。近年来总有媒体说日本极右翼势力抬头，我倒真见过极右人士，还和她吵了一架。有一天，我和同事在超市买完东西，正在排队结账。大概是我与同事说了几句中文，被后面一位女士听到了，她突然大嚷了一句，我以为她嫌我付钱太慢，于是赶紧拿着零钱走开。可她还在大声嚷嚷，我问同事那人在说什么。同事气到不行，说，她嫌我们很吵。

我回想了一下，我们一直都在低声交谈，绝不至于吵，现在整间超市都只听得见她在嚷嚷，于是说："啊，这个人自己才吵吧？"同事将这句话翻译成日语，回了一句。

这位女士吓了一跳，发现我们竟然听得懂日语，她更生气了，说："中国人都很差劲。"其实日语里脏话的词汇非常有限，比之中文里五花八门的脏话，简直到了匮乏的地步。不过她态度蛮横，不用敬语，已是非常恶劣，又指着我们反复说中国人差劲。同事翻译给我听，我说："有的日本人也很差劲啊！"

于是我和这位女士就隔着语言，靠着翻译，在超市里吵了一架。收银的店员已走得远远的，躲在货架后，这也是日本人的个性，谨小慎微，不惹是非。他们经常道歉，但并不觉得有所愧疚，只是礼貌而已，但眼前这位，连基本的礼貌都没有了。

我们吵到后来，她也发现自己并非我们的对手，于是气冲冲地提着两瓶酒走掉了。同事气得要死，她住在日本六年，第一次遇到这样的事，无论如何，这种中国人和日本人的冲突是很罕见的。我想这大概就是右翼吧，看得出来她已经喝醉了，而且很穷，提着两大瓶廉价的酒，酒精已经毁掉了她的人生。不仅在我看来这很可笑，在普通日本人看来，这也是很可怕的吧。极右翼势力抬头什么的，可能也是少数人的个人行为引起了媒体报道，谈不上势力，更谈不上抬头。

虽然极右很少，但左派很多呀。因为住在市中心，楼下常有游行队伍经过，我常看到日本共产党游行。有人举着旗帜和标牌，有人用喇叭呼叫口号，大多数人则是有说有笑。我趴在阳台上看着，队伍里有人发现了我，大笑着跟我招手，让我一起参加，竟像是要去郊游一样。

一派歌舞升平之景，确实有世界已走到尽头的安宁。

我住在日本时，喜欢和厌恶的并非这么宏大的东西，而是短暂的、闪光的真实的感触。我欣赏日本人对日常生活的敬意，在四季更迭，每个重复的日子中，用食物、礼貌、房子、植物、交谈、秩序构建的敬意。在日本住久了，甚至对天光变幻的体察都更细致了一些。而我所厌恶的，就是僵化和不得不遵守的制度。人生活在这里，得到的也多，失去的也同样多。对个人而言，得到的仍然是多的。作为普通人，无须太挣扎，无须太漂泊，即可安稳地过上一生，或许也是件好事吧。

不过人总要明白，无论如何祈祷，世事不会一成不变。现代生活基本运转的原则是，个人在不同的地方睡觉、玩乐、工作、有不同的同伴，接受不同的权威的领导，没有一个总体的理性计划——而在老年化最严重的国家，日本的安宁透露出一股疲态，即便是年轻人，也趋于安稳与保守，导致这里缺乏活力，看不到太远的未来。

离开日本已经将近两年。当时走的时候急匆匆，房子和东西都没有收拾，以为很快就要再次回去。世事难料，回国后，我的生活发生了许多剧烈的变化。几乎在一夕之间，那种安宁就从我的生活里消失了。才回国几日，我查出身体不佳，换了工作，换了住处，投身于激烈的治疗和日常。

一个多月后，托友人将房子里的东西打包好寄回国来。那只大箱子只能走海运，竟花了一个多月时间才送到我手上。这箱衣服有一种特别的味道，一种晒后的清香和密闭的陈味，这种味道就像住在日本时体会的心情，好天气，好地方，却宁静得让人发闷。

有很多事，我都忘了。在打开那只漂在海上一个多月的包裹时，熟悉的味道让我想起了这个国家——狭长的、干净的太平洋上的岛国。人们沉默且有序地生活在这里——这里就是孤岛，这里的每个人也像一座孤岛。每当我回想起来，只记得疾驰而过的洁白电车、低头匆忙走过的人群。人们的穿着都好类似，我也从不知道他们要去往什么地方。住在这里的日子里，印象深刻的似乎只有我遇到的天气，还有只属于日本的冷酷仙境一般的美和宁静。

越南，越南

人到了热带总会格外放荡。

我带着一箱子防晒霜、比基尼和墨镜飞越了几千公里抵达西贡，幻想能在海边拗出白富美造型。出了机场，中国游客脱掉厚外套，捏着人民币在街头兑换越南盾。热带的气候、混乱的交通和高昂的汽车喇叭声，訇然来到了面前。

西贡像任何一个县城，马路宽阔，建筑低矮，不同的是此处楼房都很狭窄，往往四五米宽的路面，却往后拉长二十多米，连成一排看起来像整齐的收纳盒。直到进入老城区，才有些样子：脏旧且宽阔的老楼，一排有十多户，走廊上晾晒着一串衣物，木头百叶窗都半开着。这像极了杜拉斯的西贡，炎热、嘈杂，戴斗笠的老妇挑着担子叫卖水果。

除了街头的红五星和镰刀的雕塑，没有任何东西提醒越南是社会主义国家。街头骑着摩托车的当地人、左顾右盼的游客和穿着“奥黛[1]”的少女，没有人多看他们一眼。这些穿着传统服饰的少女是来此市观光的，与我们同样是游客。她们站在LV（路易威登）和GUCCI（古驰）的门店前比起“V”字手势留影。到了傍晚，饭馆里头吊扇吱悠悠地转，菜单上可以点到任何西方食物和米粉。外国游客坐在饭店门前的摊位上，桌前摆着啤酒和汉堡，看骑着摩托的越南人下班回家。

我住的酒店在老区一条僻静的小路上，里头是欧式装修，刷白漆的高脚床、高脚椅和高脚浴缸，WiFi 覆盖到每个房间，冷气十足。这里不似街头喧闹，厚地毯吸纳声音。吃早饭时，人有序地进入酒店餐厅，只有勺子与杯盘碰撞的轻响。窗外的西贡河混浊不堪，两岸棕榈树林间竖着大型广告牌，不知在宣传什么。

酒店服务生都穿着白制服，微黑的面孔没有表情，低着头，在你需要的每个瞬间迅速走过来。这些服务生是我对越南人的第一印象：身量矮小，沉默，每个人都长得差不多。以前外国人说中国人蜡黄面皮，每个人都长得一样。现在我也如此看越南人，他们和街头的圣母教堂一样，提醒着此处曾是殖民地。

奥威尔有篇文章写缅甸，说白人如何成为殖民者。那些欧洲人只有与本地人互动，才会有自大心态。在越南，这种心态很容

1　奥黛：中文对越语 Ao Dai 的音译，是越南的国服，类似中国的旗袍。

易出现。西贡物价低，住宿、吃饭、SPA、逛街，如何消费都不抵国内大城市半价。即便是住高档酒店，也不过几百元，服务生还站在街头为你开车门，同样的钱在北京只怕要吃白眼。这种消费力和“听话”的越南人似乎催生了游客的优越感，什么都可以买到，什么都可以。

有一天晚上，我散步到邮局。这幢建筑是法国人在19世纪修建的，大厅穹顶高耸，建成火车站样式，里头摆有伦敦的红色电话亭，地板不知是何材料，白色和深色的格纹相间，就是欧洲人心目中热带建筑应该有的地板。傍晚突然凉快下来，坐在广场上等暑气消退，听见不远处红砖圣母教堂里传来歌声，有人晚祷。晚风拂面，终于凉快下来。

广场上突然有人争执起来。一位中国男子在买水果，那小贩担子快空了，只剩两挂大蕉。男子拿出一元人民币，小贩摆手。两人语言不通，只好比画手势。中国男子强用一元人民币买下大蕉，而小贩则比画说要五元。人民币不在越南流通，但常跟中国游客打交道的小贩愿意收。中国男子强买不成，有些生气，嚷嚷两句。小贩挑着担子，讪讪走了。

远处晚祷的人陆续从教堂出来，天色就要暗了。广场上路灯亮起来，从这儿走到游客最多的范五老街，一路非常热闹。行人摩肩接踵，摩托车呼啸而过，几十辆摩托车并行发动的气势与当年北京街头的自行车队伍颇为相似。街边的三轮车并立，售卖的热带水果成堆，随意榨成混合饮料，还有种短小的“法棍[1]”，剖开来可以夹肉或鸡蛋，味道不错。

离开西贡，这些热闹场景便逐渐消失。我搭乘大巴北上至美奈。车出城不久，高速路没了，只有水泥公路。两边的房屋也逐渐稀朗起来，路旁都是热带景致：椰子树、杧果林，葱葱郁郁。偶见路边房屋，虽然破败，但是收拾得干净整齐。我不禁想，那些来大城市旅游的乡下姑娘，是不是家住这样的房屋？越南人自造的房屋虽然窄小，但喜欢在二楼留出数十平方米的阳台，上面供奉着真人大小的圣像，我见过圣母、基督、观音。这些雕像安静地守在二楼，朝空气张开怀抱。热带景致在炎热的空气中起伏，像张过度曝光又蒙尘的照片。

美奈是座临海小镇，地形狭长，只有一条几十公里长的马路，但这里却有全越南最密集的高档酒店。右边临海有上百间酒店挤挤挨挨，每家都有私家海滩。这里原是本地人的居住所在，大概后来把地卖给了酒店。公路左边还有些旧屋，由于不临海，酒店不感兴趣，而它们的主人也不知去向，竟荒废在此。

在美奈，本地人很少见，全是外国游客。有些欧美冲浪爱好者常年居住在此，中国游客也随处可见，漂亮女孩全穿着印花长裙在海边拍照。可见的本地人全在做游客生意，开饭馆、开酒吧、开超市、摆烧烤摊、卖手信，最不济的也要挑着担子卖玉米。这

1 法棍：一般指法式长棍面包（Baguette），是一种最传统的法式面包，营养丰富。

座小镇已变成游客的地盘。

本来我也该加入摆拍的游客之中，但不幸发烧了。美奈诊所只有药片出售，我吃下几颗后昏睡过去，一觉醒来发现烧到了 40 摄氏度。最近的医院离此 20 公里，我不得不打上出租车狂奔而去。司机见我情况危急，开得飞快，公路两旁没有灯，只有在接近县城时才有亮光，像是离开游客恢复了金钱未至的幽暗。

到了医院，无须挂号，无须排队，我直接躺倒在病床上，穿白大褂的医生来量体温，输液。深夜急诊室都类似：打针的婴孩哭泣，年轻的父母忧心忡忡。这里也有中国人，吃海鲜过敏送来抢救。我旁边躺着漂亮的越南少女，一位少年守在床边。男孩等着女孩输液，两人头凑在一块儿低语。他们大概见惯了外国人，学会了漠视。我在高烧中看了看，越南的医生和护士应该属于高收入人群，他们都拿着 iPhone，而我在其他地方所见的越南人都拿着诺基亚最旧的黑白屏手机，新潮的年轻人则喜欢中国产的大屏幕待机王。

生病那几天，我穿羽绒服躺在酒店花园的椅子上，带来的防晒霜和比基尼还在箱子里。临海并不安静，海浪起伏，拍打堤岸的声音很吵。穿比基尼的游客反倒很安静，他们冲浪、散步和拍照。

后来我略好些，租摩托车往小镇深处走。这里游人罕至，也有一片沙滩。越南人在这里度假。海滩上无人穿比基尼，多是一家子坐在铺好的桌布上野餐。没人把游客和越南人分开，但区别就自然产生了。小镇深处的海湾里泊着数百只圆形大盆，状如大号簸箕，在深蓝色的海面上波荡。这是渔民出海捕捞的工具，坐着它们，载回满盆虾蟹，再送往镇上的酒店和饭馆。这时我突然想，这些越南人会怎么看那些海滩上的外国人呢？

离开美奈时，我去退房，守在大堂的是个越南人。他和老婆在此打工，负责照料酒店。我还回钥匙时，他不知道为何笑嘻嘻地拍了拍我的肩膀，可能希望我再来光顾——可我怔住了，甚至有种被冒犯的反感。这是第一个跟我有肢体碰触的越南人，他“大胆地”拍了拍我的肩膀——可这种罕见的热情让我不适，在我印象里，越南人都应该是服务型、没个性、沉默的，“拍肩”超出了越南人和外国人相处的原则。

不过我马上明白自己多么愚蠢，也挤出笑容说谢谢，但这转瞬间的情绪让我意识到：我们来这个炎热的国家，用金钱享受一流的服务和优越感，越南人真的喜欢我们吗？此处的贫穷随处可见，而游客的钞票又是如此诱人。在这个炎热的国家，政治如此遥远，我唯一见过的宣传是在西贡市政厅前的海报栏里，上面写了 2006 年越南加入 WTO。越南人在巨大的金钱落差里，变成了游客眼中的样子。

在离开越南的飞机上，我盖紧毛毯让自己出汗。越南虽是游客的天堂，却是疾病的地狱。此处医院少，且医疗水平低，不少欧美人自己开了小诊所，收费奇贵，还没见到医生，约诊就要数百美元。我和越南人一样没有光顾，带着感冒回国。我想让自己记得，曾飞越了几千公里，专程来此患了一场感冒。

燕郊纪事

我一直觉得住在燕郊是件格调很低的事。几个月前，我在这里买了房子。

那时我还住北三环，怀着北京人的娇贵，深感去燕郊的道路艰苦漫长，于是挥手打车去看房。穿过伟大且壮美的“通利福尼亚”，越过潮白河，燕郊到了。高速两旁竖立的广告牌全在欢迎我：“在这里！房价涨得比工资还慢！”“90 后的房子，80 后的价格！”“来不及了！不要再等！精品好房限量 500000 套！”不得不说，我还是能理解这些广告牌的，但有一块让我怎么也想不明白，大概是某商业培训班的宣传，它写着：“企业家比人类更尖！”

这些铺天盖地的广告牌让我受到了惊吓。刚平复心情走下车，涌动着的大爷大妈大姐大哥挥着传单如潮水般包围着我，他们都说今天不买明天拿着钱也买不到了！我一时激动，尖叫着“我就住在这里我不买房不买房不买房”！他们才迅速散去，拥向下一个目标。我飞速侧身挤入一家中介，当天就把房买了。

房子到手后，我全盘丢给装修公司，再也不想多看一眼。燕郊位于北京东侧，行政区域属于河北廊坊市，它与北京接壤，离廊坊还有 70 多公里。由于行政划分和实际距离的交错，燕郊成为一个神奇的地方——它名字是北京的，地界是三河的，历史是蓟县的，网购是通州的，公交车是北京八方达，客车是河北客运。住在此地的多为在首都上班的外地人，白天在北京上班，晚上在河北过夜，燕郊也由此被称为睡城。后来我才发现，靠！你怎么可能睡得着？

拖拉了几个月，我才不情愿地搬到燕郊来。我劝慰自己进京也就半小时，不会很麻烦。直到我第一次坐公交车时，才发现自己深深地错了。北京到燕郊往来有数班公交车，国贸桥下就有一趟。那时已是深秋，我在灰暗且巨大的国贸桥下找回家的公交车，看见一条近千人的队伍排在大北窑，从东排到西，延绵不绝。车站里有数条铁制回形走廊，人密密麻麻地贴着站在里头。我感叹真可怜啊，这些人要排到何年何月啊——很快我就知道了，因为我排在了队伍的最末尾。

这正是燕郊人民，我当场与他们站在了一起，并衷心赞美起计划生育政策！只生一个好啊，不然我怎么也挤不上第十三趟公交车了。

那天回家已是深夜。燕郊最宽阔的大街上，各个房产销售中心比邻而立，几公里的霓虹灯招牌闪烁不休。公交车堵在了街道的拐角，我百无聊赖，望向窗外：路旁站着个男人，他手握一把锄头，上面吊着一只乌龟。那只倒吊的乌龟奋力挣扎，想往上昂起头来。来不及多看，车流松动。花了两个多小时，我终于到家了。开发商所谓的“半小时直达国贸”就是个笑话。你确实可以半小时到国贸，不过你得等和堵上一个半小时。

白天的燕郊呈现出一种首都与城乡接合混搭的古怪气质，一边是与北京无二的大型楼盘，一边是街道上奔涌的三轮车、出租车和小贩，喇叭声、叫卖声和咒骂声比首都更响。这里的一切都带着滑稽，你可以报装北京的固定电话，手机却收到河北移动的欢迎短信。晚上9点以后，仿佛北京的大手骤然离去，这里又恢复了远郊的寂静。我搬来时已是冬天，很少在晚上出门。燕郊似乎比北京冷。人们更早裹上了羽绒服，趁天黑前回到家里。街上冷冷清清，连售楼的人都不见了。

回燕郊只是一场战争，而去北京则是一场灾难。我搬来后第一次上京便领教到了。那天早上我站在公交车站，身后站着一个连队的早餐客。只要有车来，他们手上的煎饼立即消失，身体迅速压缩，挤入前门或后门。无论我怎么努力，都不能把自己弄上车去。八趟车过去了，我还在原地等着，身后的人大概已准备吃午饭。第八趟车后门口紧紧贴着两个男人，其中一个扭头招呼我，说："来，你给我把门踹上。"我义不容辞冲上去抬脚猛踹，试图将车门踢进，把这两人挤压进车厢。无奈我踢完左脚换右脚，车门还是不能关上。公交车只好摇摇晃晃开走，只有等上了高速，遇到颠簸，抖落几个人下来，车门才能完全关紧。

也不是没有好事发生，起码有黑帮电影可看。由于在国贸桥下等车回燕郊的人太多，车站将候车人群分成两拨，一拨有座，一拨无座。等座回家的人多，愿意站着回家的偏少，于是在站票区等车其实回家更快。不知道为什么，票价两元，但没有公交卡就是五块。卖座票的人为确保有座，在车快要装满时就不让人上了。后排人便高声叫骂："傻×，上啊！多的是座！"

也不是没有插队的，有一次，我见到一位壮士跨上铁制护栏，在众人的头上张开裆部跨行，几步越过回形走道。这时有几个正义凛然的大汉冲上去拉他的腿。壮士轻身跳跃，甩开他们，奔向车门。大汉们决不罢休，抬脚紧追，赶上车去。在黑暗的国贸桥下，只有车厢内的灯光亮着，等车的人像望着电影银幕般看着他们在车厢内追打，从第一排打到最后一排。你想想，这种暴力动作片，除非你在燕郊住，哪里可以轻易看到呢？

我在燕郊已住了一个月有余，目前来看，还要继续住下去。在回家途中，我偶尔还会见到那个售卖乌龟的男人，那只倒霉的乌龟仍在奋力昂起身体。有一天我突然明白，我多像那只乌龟啊，被北京的大锁系紧，身不由己住到燕郊，还要努力让自己昂起头来。想到这里，我不由得发笑。那个男人真像上帝，只不过他也是倒霉鬼，站在街边数日，没有人要买他的乌龟。我一直以为无论我住在哪里、做什么工作、爱上什么人，这些都不会改变我，搬来这里后，越发觉得是这样。

回　家

湖南的夏天燠热，湿润的空气闷在人身上。那日我到家的时候是正午，小镇的车站里散布着热腾腾的废油味，阳光合着灰尘，流下的汗都是油脏的。小镇的商业中心在车站附近的十字路口上，这是车流量最多的地方。水果摊、烧烤摊一字摆开，对面是一排黑的士。镇上没有正规的士，摆出租的都是些私家车，一年到头等在路边，这里就成了半个交通枢纽。

我拖着箱子走回家，见到平日都躲在树荫下打牌的司机正聚在一起议论：本跟他们一起摆车的苏大通不见了。昨天晚上 7 点多，他们都嚷嚷着热，起哄让人请客买西瓜。这时来了一对二十多岁的情侣，租车去邻县乡下，苏大通接了活，高兴地走了。他到今天还没回来，电话不通，也没跟家人联系。司机议论着他是不是被杀了。“要是大通被人害了，那就是给你们这些摆夜班车的提了醒。”一个司机高声叫嚷。

回到家里，父母还是老样子。因正值6月末，亲戚邻居家高考的孩子都出了成绩在填志愿，我表妹考得不错，能上重点大学；苏伯伯的孙女考得也好，能上一本。她俩打算接到通知书后去湘西旅行，兴冲冲地商量着。我看着她们，苏伯伯的孙女刚生下来的时候我还见过，裹在布片里，像只老鼠，后来大一点了跟在屁股后面叫我大姨。现在她已是个大姑娘，想着去玩，去旅行，去北京读大学。

我在家休息几日，却听闻噩耗：二伯得了肺癌。他前阵子总觉胸口痛，请假到医院检查，发现癌变。医生开腔检查后说不用治疗，已是晚期，好吃好喝吧。我二伯是个矿工，一生辗转在几个私人煤矿挖煤，发现自己得病前还在矿里上班。不过他现在五十多岁了，不再挖煤，拣个轻松的活，负责把装好的煤车推出矿洞。二伯没有社会保险，矿上也并不负责医疗报销。他觉得自己在好多家煤矿干过，找谁负责呢？这只能怪命不好。得病后，他辞工不干了，每日在邻居亲戚家串门，自己买点喝的，找点好吃的，晃一日算一日。

爸爸开车带着我回老家看望爷爷和伯伯。二伯看起来仍然健康，甚至比在矿上工作时更胖更白。他面容轻松，不带愁苦，我问他最近身体感觉如何，他说还好，就是胸前隐隐作痛，其他没什么。他儿子在一旁嘱咐：“别喝茶了，你那些茶叶差得很。”二伯说："我没喝茶，我每天都喝阿萨摩。"我不知道阿萨摩是什么，妹妹告诉我，这是统一品牌推出的一款饮料奶茶。二伯是个矿工，他以前唯一的饮料就是十块钱一斤的茶叶冲泡出的茶水，现在却每天要喝几瓶奶茶。

医生告诉堂哥，二伯还能活上几个月，最多能熬到过年。堂哥瞒着二伯，说还有好几年呢。二伯并非没钱治疗。最近堂哥意外发了一笔横财，他娶的老婆是长沙人，在长沙郊区有块地。前几年听说要征地，他们借了我家两万块钱盖了一幢三层小楼，只有壳子，里面连预制板都没有。去年果然征地，补偿了二百多万，今年才把钱拿到手。堂哥孝顺，带着二伯到处检查，到哪儿医生都说回家吧。这父子真是奇怪的组合，父亲在矿里摸爬一生，得了癌症无路可活，儿子却在房地产圈地运动里意外发财，改变了命运。

离开老家的时候已是傍晚，车在山里盘旋，爸爸的朋友进山看矿，打电话来让我们捎他回家。我们在山坳里接到他，他是来山上看石灰矿的，说起今年销路不好，不打算入股。我坐在车里，看着窗外一座座矿山，不少矿工还在干活，一路上都有人在烧生石灰，把水泼进去，腾起一阵的白烟，这些人就像白面团，正在缓慢移动。我打开车窗，呛鼻的石灰味就飘了进来。

下了山，公路前方有户亮灯的人家。这是前几天被杀的司机的家，正在办丧事。爸爸把车速放缓，我们都望出去。那家门前搭了棚，几个戴孝的人坐在门口。原来苏大通的案子破了。他被杀后，几个青年把尸体抛到了山上，离此前我们经过的石灰矿不远。朋友说，那个晚上，苏大通接活之后，就开车上山，路上还经过了自家门口，半途上又上来几个人，说是租车人的朋友，他们让苏大通来回绕了几圈，最后把他逼到山里，一铁棍打死了。

这几个青年开着车回到镇上，想往北逃更远。苏大通的老婆那天晚上站在屋前，看着自家的车在门口经过了三趟。她见车又开回镇上，觉得奇怪，便打电话给苏大通，没有人接。几天后，那几个小青年想要卖车，却起了争执，其中一个到公安局自首，警察抓了另外几个人。

听说苏大通的尸体被找回时已经生了蛆。天热，快烂在草丛里了。乡下人办丧事一般都热闹，老人去了是喜丧，病人去了是解脱。前来吊唁的亲戚们都凑成牌搭子，很热闹。而苏大通的丧事不是这样，只有一片冷淡肃穆。大概是因为凶死，不能热闹。

爸爸的朋友说起苏大通出车的那个晚上，司机正在起哄让他买西瓜请客，那对青年情侣走到车摊边上，问去邻县乡下多少钱，有个司机出价一百五十块，情侣嫌贵，正在讲价。苏大通说，一百二我去！然后他就载着他们走了，然后他就死了。

过　年

年二十九那天，突然想吃炸肉炖锅，自己动手做了一回。

辣完锅，倒入油，将几大片肥肉放入热油内以小火炸，待肥肉被炸得四边发焦起翘，略带金黄色，再将精夹肥的猪肉片放到锅内。“刺啦”之声暴起，白烟熏眼，加姜蒜，以大火炒。过一会儿，肉就要香了。

待肉片两面被炸得微焦，倒一整锅水，还是用大火煮。等水开了，放入白菜、茼蒿和泡好的粉条，锅内咕噜翻滚冒泡之时，大概就可以吃了。

吃的时候，粉条饱浸了炖肉的香味，又软又滑。这时我才真的觉得要过年了。每年腊月二十九，妈妈都忙着准备年夜饭，这天总用一顿炸肉炖锅混过去。

吃完炖肉，自然是有事做的。打扫卫生、上街买鞭炮和对联，从衣柜里拿出新衣服反复试穿，逐一检查明日要吃的糖果、饼干、瓜子、花生和水果，然后就是等着明早吃团年饭。

我家团年饭吃得早。年三十，清晨6点就已摆好桌开吃。吃之前，在门口放上蜂窝煤，里头插着香烛，再放一挂鞭炮，关紧门。吃饭前要先拜祖先，将十二个碗内各盛一勺米饭，十二只酒杯倒上一口酒。摆好后，鞠躬请祖先先吃。过一会儿，祖先大概吃完了，我们就将杯碗内的酒饭收拾好，重新添饭倒酒，一家人就开始吃团年饭了。

吃饭也有讲究，先吃青菜，寓意来年身体清洁健康，再吃芋头，希望新年万事遇上好兆头。之后再无其他，各人爱吃什么吃什么。长头发的女孩要多吃鸡翅，表示手巧会梳头；男人要吃鸡爪，暗示会赚钱。

爸爸喝酒，我和妹妹喝可乐，妈妈什么都不喝。一家人偶尔举杯祝彼此新年好。每年爸爸劝妈妈也喝两口可乐，我妈不乐意，说喝了打嗝难受，爸爸笑说就是要打嗝才舒服。过年是不能犯浑发脾气的，不管我妹妹在桌上如何挑剔，或说不吉利的话，父母都是不能生气的。

年饭吃得早，是怕别人打扰。老家过年有个讲究，别人家吃年饭时千万不能去敲门，万一有人敲门，也不能应。敲门是打扰别人阖家团聚，不吉利。吃完饭打开门，与过往的人互道新年好，然后搭梯子准备贴对联。

年三十起得太早，这一天就会很长。妈妈整晚做年饭，睡回笼觉。我和妹妹看看电视，把剩下的饮料喝完，各自打发时间。等到了晚上，一家人围着烤火桌看春晚。

每年春晚都是那副模样：红通通的灯笼、金灿灿的歌手、象征吉祥的动物。主持人杵成一排，接连说着空洞的喜庆话。小品也是老样子，赵本山、郭达、蔡明……每年区别不大。但我们还是年年看，家人围坐几小时，有共同的东西打发时间，逐渐成为习惯。

赵本山的小品出来得晚，要到 11 点之后。这时外边已鞭炮声连天。我和妹妹瞎兴奋，走出门去瞧，天上砰砰冒出五颜六色的烟花，耳边是此起彼伏的鞭炮声。我家是要等到 12 点整才放鞭炮的。爸爸认为这时才能“出信”。新旧年交替之时，点燃鞭炮，将旧年送走，迎来新年。

小镇人放鞭炮比城里人舍得，几十万响鞭炮不说，另有礼花若干。砰砰放上几小时不消停，天上挤得密密麻麻的。地上各种小玩意儿，火树银花似的，刺啦啦地往外冒，各家门前都是一地鞭炮壳。孩子们各自拿着冲天炮、降落伞跑来跑去的，玩一会儿，放一会儿。每年都听见大人扯着嗓子喊，冲天上放！别对着人！

镇上有一个侏儒妇女专门在年三十晚上捡放完的礼花壳。这种纸壳里面有土，卖的时候划算。不等礼花放完，侏儒即用扁担打倒礼花，再等上片刻确定熄火后上前用脚把礼花踩扁，装进袋子里拿走。

这种不要本钱的买卖时兴起来，年三十晚上好多拾荒的人四处捡，以便发上一笔小财。有些人小气，就守在礼花边上，一放完就抱进屋里去。一般人家都无所谓，拿走就拿走吧。

竞相燃放鞭炮成了家庭实力的象征，镇上税务所的所长家放得最多，一个晚上放上个万把块。我家不拘这个，一年十万响。我们放完就袖手看着所长家上方的夜空，说今年的烟花真漂亮。

十万响鞭炮炸完会铺上一地的壳。有一年，妈妈托人买了种大地红鞭炮，炸开后是鲜红的一片覆在屋前。大年初一是不能扫屋的，家中的垃圾都不能扔出门，那一地红红的鞭炮壳映照着被踩黑的雪，好漂亮。

有年我没回家过年，留在北京。到了三十晚上，我闷闷地看着春晚，窗外响着稀拉的爆竹声。过了 12 点，我想着也到楼下放点鞭炮。小区门口已有不少人在放。我迎着寒风快步走去，点燃香烟，猛吸一口后点燃礼花。

在一阵明晃晃的烟花中，我用记忆擦亮了火柴。父母和妹妹的脸晃在四周，惊叫声、鞭炮声、欢笑声，在一阵亲切的硝烟味中，我好像又跟家人在一起过年了。

牛肉粉之恋

有一天忘记吃东西，到了下午饿了，想吃米粉，收拾了一下出门找粉吃。

湖南常德人向来爱吃米粉，多作早餐。粉铺凌晨4时便拉了灯候客，不到中午已准备关门。剩下肉末粉渣，就算老板想卖，也没人肯吃。牛肉粉，大概是外人对常德最熟悉的东西。

街上粉铺多已打烊。我好不容易找到一家馄饨店，让老板用剩下的米粉下了一碗。看了汤头，只剩肉丝。我站在店口等，老板手抓一把米粉放到笊篱中，掀开锅盖一阵白雾腾起。一阵风吹过，我拉紧了身上的外套，觉得冷，好像冬天就要来了。

冬天总是跟米粉联系在一起。高中寄宿，嫌食堂汤头不好，大家想法子从外面带米粉来吃。为数不多的几位走读生成了“众矢之的”。每日上学之前，打开昨夜写好的条子：谁谁，牛肉，加卤蛋；谁谁，鸡丝，加辣……每个早上带十几份米粉都很正常。这些米粉为节约空间不要碗，直接装进塑料袋，再多套几层，汤就不会漏出来。

早自习时，大家急于吃粉，窸窸窣窣把一包包米粉传到主人手中。各人拿出碗，将塑料袋放在碗里解开便吃，吃完扔掉塑料袋，碗也不必洗。冬天没有热水，油淋在碗上留下一块块橘黄色的油斑。

本应早读的时间大家都在低头吃粉，紧闭的教室里闷着一股食物的温骚味，牛肉辣，鸡肉香，肉丝一股废油味，最惨的是三鲜粉，闷了太久，一股酸味。后来班主任管得严，大家不能在早自习上吃米粉，最多只能吃包子和馒头。一位同学心生愤慨，说包子和馒头哪里算早饭，只是为了方便携带才产生的，米粉才是早饭！话虽不对，但足见常德人民对米粉的喜爱之情。

不能在早自习吃粉后，走读生本以为不用带粉可以休息，就算偶尔请假也不用担心被同学责怪。过了几天大家想了个主意：让走读生不上早自习，待课快结束时再来上学。这样大家既可以吃到热米粉又不耽误上课。这意见由班长向班主任提出，他被臭骂一顿。

班上也有几个女生不用走读生带米粉的，她们的男友是走读生，自然不必麻烦他人，我也是其中之一。南方的冬天湿冷，他喜欢穿一件很大很厚的深蓝色的羽绒服，每天早上买了米粉放在羽绒服内侧的口袋，下了早自习还是热的。我们怕被班主任看见，就躲在天台上。天台的围栏很高，直到胸口，正好放碗吃粉。他上学前吃过了，我们两个人站在围栏前，我吃，他看。后来即使大家都不能吃到热乎乎的米粉了，我还是吃够了两个冬天。

米粉也有干湿。干的是在沸水中烫过之后加上少量汤头和作料搅拌，吃起来味重。我更喜欢有汤的，他每天带汤粉。我有时候想，要是一包汤粉撒在他羽绒服里该有多滑稽，想着想着就笑出声来，他问笑什么，我说没什么。

除早上吃米粉之外，晚上也是可以吃粉的。不是一碗一碗的米粉，而是炖粉，一大锅牛肉浓汤，加了辣椒，面上浮了一层厚厚的油，油面下早已沸腾，大片大片的牛肉在汤里发出诱人的肉香，再下进五六碗光头米粉。等上三五分钟，米粉被煮软滑，各自挑到碗中，再夹上几块烫嘴的牛肉，确实好吃。

学校不允许寄宿生随意出校门，要出去得向班主任拿请假条。为了能吃炖粉，我们伪造请假条。班长交作业之时趁班主任不在，偷了一张空白的请假条，拿到资料室复印。多张请假条完成，只剩伪造签名。我模仿班主任签名很像，有时班主任拿到我签的假条还拍一拍脑袋说什么记性，不记得自己签过请假条。

伪造请假条的日子大家都争先恐后出去吃炖粉，几个人围了一桌，中间放着热腾腾的炖粉，这是高中少有的美好回忆。大多数时候我们都在不断做题、复习、考试……孤独、不被理解、日复一日的绝望。只有围坐吃炖粉之时，大家才真的像孩子一样，数双筷子抢最后一块牛肉，笑得没心没肺。

这种日子没持续多久，门卫收集了我们班的请假条，一个星期六十多张，其他班一个月不超过十张。班主任拿着一沓请假条回班上问：“谁写的？”

“我写的。”班长站起来回答。他被罚一个晚上将班主任的名字抄写五百遍，一位少年在一个晚上将一位秃头中年男人的名字默默写了五百遍。这是怎样的情怀？我们笑得半死。

我站在店门口，老板将打包好的米粉递来。锅盖又被揭开，一浪一浪的白雾冲出，腾在寒冷的空气里，我突然觉得有点恍惚。

忆傅惟慈

傅惟慈先生家住北平四根柏胡同，近赵登禹路。

四根柏大概指此处有四根柏树，其中两根在傅惟慈家的院子里，还有两根不知道在哪儿。这座四合小院是傅家祖产，年轻的傅惟慈从后母手中接来，一住六十多年。傅惟慈是翻译家，代表译作有乔治·奥威尔的《动物农庄》、毛姆的《月亮与六便士》、格雷厄姆·格林的《问题的核心》与托马斯·曼的《布登勃洛克一家》，大多都是在这座小院里翻译的。

到晚年，傅惟慈爱热闹，隔几月就在小院里开派对，邀请年轻朋友来院中烧烤。我也去过几次，来玩的多是二十多岁的年轻人。仲夏夜，我们坐在院里，吃肉，冰镇的北冰洋饮料成箱搬来。院子里除了柏树，还有一株高大的合欢，几只猫趴在屋顶或院落听我们聊天，聊得最多的是文学。

傅惟慈说话偶尔夹带英文单词，他说老了，学的外语快忘了。其实没有，虽然身体多病，但他思路清晰，记忆力也好。我们聊起毛姆是严肃文学作家里最通俗的，小说销量好。傅惟慈说，也不是通俗，他这个人老派。我当时很奇怪，一位九十岁的人跟你说别人老派，这多少有点怪异吧。我心想你自己才老派好不好。

他问我："你看谁的书文学启蒙？"我说："毛姆呀，多有名！"他顿时很兴奋，好像发现了文学同好，跟着说："我也是啊！"我想了想说，我是看你翻译的毛姆文学启蒙的。他大笑，非常高兴。

他是喜欢与人聊文学的，年轻时本想当作家，但因为政治和社会环境，便转向翻译。傅惟慈讲求阅读趣味，还爱读侦探小说，尤其偏爱毛姆和格林这类会讲故事的作家，翻译的也多是这类作品。然而奥威尔的《动物农庄》不是，只不过是当时好友董乐山邀他翻译此书。他虽应允而作，却不太喜欢。这种政治指向太强的小说不符合他的脾性。

我们聊得最多的是毛姆与格林。我说毛姆这厮真刻薄，简直恶毒！英国作家多丽丝·莱辛年轻时刚到伦敦很穷，某篇小说拿了毛姆文学奖，她用奖金租房。她给毛姆写信致谢，毛姆回信：首先，他与整个评选无关；其次，他没有读过莱辛的小说；最后他刻薄地说了句："你一定经常写这些讨生活的信感谢别人。"傅惟慈听完大笑着摇头说："这个毛姆！哈哈，格林不会这样的，他是 gentleman（绅士）。"

格林虽是严肃文学作家，但也写过很多消遣小说。有一天聊起格林的惊险小说，他问我喜欢哪本。他翻译的书实在太多，其实我也记不全。我说："《一支出卖的枪》，很好看，你看过吗？"他说看过啊，是很好看，还是我翻译的啊！我有点窘迫，他却没因我记不清他的作品而不快，反而大笑。与他聊天，让我始终觉得格林与毛姆不是已进入文学殿堂的大师，而是相识的熟人，可以评头论足。我想是他把这些作家带到了我身边。

傅惟慈偏爱格林，大概是更认同他的人生态度。格林理解人性，说爱的本质是有了解别人的愿望，但因不断失败，这种愿望很快死亡，变成了痛苦、忠贞和怜悯。

他曾写过自己读到格林是"文化大革命"的前两年，那时他被分配到资料室打杂，整理资料，分发报纸。资料室囤有上百本外国小说，傅惟慈负责检查其中有无"不妥"内容。他在这里读到《问题的核心》，小说讲的是一个身处绝境的人的心路历程。他写道："当时在资料室里工作，看不到自己的前途，内心很苦涩、很灰暗，读到这本书当然感触很深。"

格林的小说大多都是悲剧，其实他不喜欢悲剧。傅惟慈希望一切都是美好的，就像鸵鸟一样，宁愿把头埋在沙子里面，但人生路上到处都是陷阱，不管如何谨慎，还是有走到绝路的时候。

有时我遇到人生困难，也会说给傅惟慈听，他以罗素为榜样告诉我：人生的动力有三：对知识的渴望、对爱情的追求，以及对人类苦难无穷的怜悯。希望我要有追求，不要老陷入坏情绪。但我反驳说，罗素懂什么！他多有钱啊，大贵族，站着说话不腰疼。他又笑着点头，说也是，他不明白生活的难处。他不会怪我说话直率，没有礼貌。他说，人生最难的是拥有自由时间。自己活到现在，明白这个道理。他年轻时囿于环境，也翻译过不少官方指定作品。他说现在看来没有价值，浪费时间。

2013 年，有青年译者李继宏出书，称自己的译本最优秀，并给老一辈翻译家如傅雷等人挑错，其中也有傅惟慈。

他很少上网，又好奇出了什么事，打电话来，让我把李继宏的文章打印出来带去。《月亮与六便士》中，傅惟慈将法语“可颂”译为“月牙形的面包”，李继宏说这就是羊角面包，翻译错了。傅惟慈看完说：“可是我三十多年前翻译的时候，还没有‘羊角面包’这个词啊！”看完他把文章放在一旁，没有再看。尔后几次聊天，他又提到这事。我想他还是略微有些介意的。他觉得这不算错。

傅惟慈译笔常被人称赞“通畅”，他不以为然，说这是翻译者最基本的教养，谈不上优点。他平素说话会说“文学”“流浪”这种稍文雅的词语，但他的译文里却都是大白话，没有文艺腔。他的中文是妥帖的，让极俗又极形象的语言和比喻恰到好处地服务于小说叙事。

有时他感慨自己是享乐主义者，只能搞翻译，做不了学问。

其实他一生爱旅行，爱收集古董钱币，腿脚还方便时，自己背个包就出门旅行。他所谓的享乐，就是读本好书、看部好电影、去好看的地方玩。后来他走路不便，就在家中看书。除了经典文学作品，他也喜欢看时下作家写的小说，发现好书总是很兴奋地推荐给朋友。有不出名的年轻作家送来稿子，他也会复印出来，散给大家看看。

不聊文学的时候，我们就讲八卦。有一天，他神秘兮兮地问我们的一个朋友是不是同性恋。我说是的呀，很明显是女同性恋。他笑说我也觉得，之前我还介绍过一个女孩子给她认识，也是同性恋，不知道会不会谈恋爱。他脸上带着“看我猜得没错吧”的狡黠。我们又八卦那谁条件那么好干吗还单身啊，那谁这十几年换十多个女朋友是不是太勤啦。

去年腊月二十六，我去他家看电影。我们坐在东厢房看《一曲难忘》（肖邦传），黑白片，很闷。屋内很安静，但我老听见有咕咕咕的声音，像煮水。我四处张望，后来发现是他的呼吸声，他气管不好，现在越发严重。他专注地看着电影，像听不见自己的呼吸声。走的时候，他问我最近有什么好小说看，我说门罗写得很好。他说：“哦，我知道，李文俊翻译的。我没看过，你给我带几本。”我说好，过完年给你送来。那晚离开时有劲风，我走出四根柏胡同，裹紧衣服低头顶风疾走，想起他的呼吸声，觉得很难过。

今年立春后，天气变暖。我买了《门罗全集》准备给他送去，开了春可以坐在院子里晒太阳。半个月前，我去赵登禹路吃午饭，想着正好去看他，但怕他午睡，书也没带在手上，就没有敲门。3 月 16 日，我在睡觉，被电话吵醒，那头友人说 :“傅惟慈去世了。”我愣住半晌，消息在脑袋里转了几圈，才明白是什么意思。

当时我呆坐在床，那套《门罗全集》还搁在大门旁的鞋柜上。我想这几本书大概只能放在这儿，再也送不到四根柏胡同了。

浓糖、疾雨和莲花

在泰国旅行是从嗅觉开始的。

刚下飞机，走在廊桥就闻到香味，像是花香。泰国人敬佛与国王，随处可见国王画像前供奉着鸡蛋花和茉莉水串。这股香味弥散在曼谷街头，混着城市的汽油味。

深夜抵达曼谷，破烂脏旧的城市。热带潮湿，许多房子墙皮剥落，长出大片霉斑。街灯昏暗，乏人出没，只有流浪狗在街头觅食。这是老城，只有接近皇宫时才灯火灿烂，连路旁的树上都挂满金色的灯泡。不仅天黑时皇宫与庙宇最亮。到了白天，这几处也因金顶格外耀眼。泰国人似乎把最好的一切都供奉给神。

至于俗世生活，他们倒是漫不经心，出了名的慢，任何事都从双手合十说“萨瓦迪卡”开始。泰国人友善，对任何人都微笑。

与服务式的礼貌不同，即便无关金钱，泰国人也非常友善，而且懒散。每日要到上午 10 点，商铺才开门。最勤奋的都是些游客，一大早就被旅游大巴拉到景点。虽是雨季，但雨只是偶尔才会遇到，来得快也去得快。

旅行的第一天傍晚，我在曼谷街头吃饭，暴雨忽至，小贩们笑着撑起遮雨的塑料布，挂起灯。天光昏暗，雨水倾盆而下，吃饭的泰国人仍在谈笑，没有人多看暴雨一眼。路上的行人撑起伞，仍在不疾不徐地走。像大多数中国游客，我拘谨、警惕，而泰国却是个轻松的国度。在那场雨里，我茫然看着那些快乐的面孔，像是突然摆脱中国时差，一下就调到了泰国时间。

这里的人像是都很快乐。他们嗜甜，不管是果汁或甜品都不顾一切地放糖，可大多数泰国人体形偏瘦。这可能与气候和饮食习惯相关，泰国的食物总是很小份，一碗米线用筷子搅一搅，一口就能吃完。在泰国工作的朋友 Ann 告诉我，虽然主食量少，但吃完还要吃甜品，再吃水果。大多数上班族吃完饭，会买上数种水果带回办公室。街头小贩将三四片水果放入透明的塑料袋，加入盐和辣椒，卖给顾客。泰国人连啤酒和可乐也要从瓶中倒出，装入塑料袋，拎着带走。

Ann 是位设计师，被公司派到泰国工作。她租住的公寓在曼谷新城的繁华地带，这里高楼林立，立交桥层叠，如同任何一个大城市，只是热带的潮湿很快吞噬崭新的面貌，将它们折旧。那晚 Ann 和我本打算去摩天大楼顶层的露天酒吧看夜景，那场暴雨却破坏了安排。Ann 决定带我回到公寓。

回家前，我们在楼下的 7-11 里买了啤酒和榴梿，再花一元买了整包碎冰。7-11 在曼谷随处可见，三五十米就有一家，泰国人十分喜欢光顾。店铺设计与国内相似，但出售的商品却大不相同，这些物品，每个都包装精美，外包袋也设计得非常好看，水准大佳。Ann 专攻酒店设计，她告诉我，泰国设计师很多，水准也很好。

我们来到公寓，一幢回形大楼，中间留有空间做花园，种满棕榈和其他热带植物。那时雨从天而落，打在叶子上，簌簌作响，空气里水分充足，墙壁上壁虎倏然来去，满是热带应有的情调。

旅途中结识新朋友是有风险的，认识 Ann 却很愉快。她是独立、自由的都市女郎，在异国把工作打理得井井有条，闲暇时购物、看电影，生活与国内的白领相差不大。只是观影前，她看到的不是那条伴随着“咚咚咚”出场的金龙，而是一段国王视频，所有人都要站起来向他致敬。她在此地上班，节奏也快，加班时忙到天昏地暗，但比起超速的北京，这里仍然慢了许多。

喝酒的那晚，雨时不时落下。我们谈论泰国，Ann 喜欢这里，但不会久留。法律上，泰国允许每年二百名中国人移民至此，但实际程序非常严格，几乎没有可能。办理泰国的旅游签证十分简便，它欢迎人来做客，但很少允许人长时间留在这里。Ann 也不想留在泰国。有时，人可以跨越几千里路程探索陌生的地方，却因细枝末节感到不适。或许是气候，泰国没有冬天，不像是可以当作家乡的地方。

即便下了雨，第二天的曼谷仍然很热，步行显然不合理。我打算搭突突车四处逛逛。突突车大概类似于国内的三蹦子，可它却是个有追求的三蹦子，车身四面无遮挡，可以到处看。车身后方有红黄绿灯，不管是并线、拐弯都会打灯，它绝不乱跑。即便我早就知道突突车以疯狂著称，但开动的那一刻仍被吓坏了。

我刚上车坐稳，街边小贩友好地冲我笑，说："萨瓦迪卡！"我也友好地双手合十，准备回礼，"萨"字刚出口，车猛然开动！我向后一仰，摔在靠背上。此时车已开出几十米，身后的小贩不见踪影。我回过神来，觉得保命重要，死死抓住车上的栏杆。司机驾驶着突突车，简直所向披靡。遇到堵塞，因车身狭小，它迅速改道，转入某条小路。此时，司机冲上高速，灵活地变换车道带我向前。我看着那些被甩在身后的小汽车，不禁怀疑自己能否活着下车。

曼谷非常拥堵，选择出租车出行并不明智，堵上半小时很常见。突突车就不同了，它显然以战斗机自居，飞速且悍然地在堵塞中履行自己的职责。不过就算堵车，我也从未听过任何司机按喇叭。在数条大街上，曼谷的司机们安安静静地堵在路上，他们真的不慌不忙，但车流一旦松动，曼谷的司机便鼓足劲向前冲，车速绝对列入亚洲前列，誓与突突车一较高下。曼谷的司机开车确实疯狂，但并不野蛮。我几次走过没有红绿灯的马路，司机立即刹车，停下让路，抬手请行人先走。

在泰国旅行，大多时候都伴随着愉快和舒适，甚至有额外的惊喜。我从曼谷搭乘火车北上至清迈，这是晚上出发的慢车，几百公里路要走上十几小时。刚上火车，车厢里并无床铺。下层是两张对坐的宽椅，上面的铺位也贴车厢壁收好。到了睡觉时，列车员会来铺床，放下上面的卧铺床位，把下面的两张座椅打开，这才有了上下铺。列车员送来新的床单和枕头，安顿好后再挂上帘子，铺位就成了完全私密的卧室。

早上不会有人来催促起床，待自然醒了，拉开帘布，列车员会笑说“Morning”，征得你同意后才开始收拾床铺。收拾完毕，再把下边的座位展开来供乘客坐。车厢里也不会有人推着车叫卖，而是送上一份菜单供人点餐。一切都安静怡人。火车开得很慢，车厢连接处没有门，人可以站在这里看沿途而过的风景。车慢悠悠地开过田野，可以看见稀疏的农宅和稻田，在热带的清晨里闪着光。

到达清迈时，我略为吃惊。曼谷是泰国第一大城市，清迈第二，可第二和第一之间的差异却大得令人难以置信。清迈很小，像个县城。古城更是小得可怜，步行几小时则可绕城一周，鲜有高耸的建筑，最气派的则是各间顶级酒店。各类旅馆更是层出不穷，每家门前种着一株鸡蛋花，在深巷小街里静静等候。

城里庙宇与咖啡馆遍布，走累了随时拐进一家，进庙可跪坐在佛堂，进咖啡馆则可以歪在沙发里。泰国人敬佛，进庙必须脱鞋、去帽、身着长衫，不能在佛像前裸露肢体。靠近佛像后不能站着走动，要跪地移动，更不可以背对佛像，跪下时脚尖朝后，双脚不能朝向佛。这里不仅仅有游客，还有虔诚的本地人。与站着四处观望的游客不同，他们往往跪坐在佛堂前面，双手合十，默默不语。佛堂殿高空旷，两面有窗，尽管屋外燥热，这里仍然阴凉，不时有风吹过。

清迈消费比曼谷低，比起国内大城市则可说得上廉价。食物味美而价低，连SPA按摩，也不过五十元一小时。城内建筑美观，装修以清新风为主，此处是文艺青年的聚集地。我与长居在此的May约好见面，她是位中国作家，常年旅行，最近生活在清迈。

与May约定在她朋友的瑜伽馆见面喝茶，一幢老街里的二层木楼，下层用作茶室，上层的房间作为瑜伽课堂。来旅行的欧美人不时光顾，在东南亚也不忘舒展身体。小楼的后院里种满树，还有一汪水潭，水面上漂着荷叶与莲花，阳光透过树叶洒落在院里，浓荫匝地。8月是旅行淡季，客人不多，我们乐得在幽静宅子里喝茶，无所事事。

旅居国外的文青自然渴望得到中文书籍，我带了书作为见面礼，May很高兴，兴致勃勃跟我说起清迈："这里值得去！""那里一定要去！"她喜爱此处，觉得这里生活舒适，无忧无虑，人人有礼而和善。她带我去逛喜欢的酒店，无人阻拦，站在高处俯览夜景，这是不花钱的享受。要是有兴致，甚至能跳入游泳池游上几圈，这里没有人会盘问你，只消在观景台买上一杯咖啡，即可成为上帝。

那几日，我们不是泡在这间咖啡馆，就是泡在那间咖啡馆，读书、闲聊、发呆。May和朋友的话题围绕在新开的咖啡馆是否舒适、新做的衣服是否够薄够软。在炎热的热带，低廉的生活成本让文艺青年们过得分外舒适。白日的天光像是特别短，坐坐就过去了，没有什么是必须做的，没有什么人行色匆匆。

May问我是否喜欢清迈，我说喜欢的，但不能久住，必须得做点什么，不然赋闲太久会觉得闷。她反问："城里人不是很惨吗？每天都忙来忙去，这里才是生活！"

我们为此争论不休，很难定义什么是真正的生活。May的想法在国内很流行，离开大城市，搬到云南生活的文艺中青年大有人在。脱离都市，返璞归真成了时尚。我向来只觉得这是生活方式的差异，与什么是真正的生活无关。可是在这里，我像是成为城市的代言人了，为有目标的生活方式辩解。不管是迫于生存，或对事业怀有雄心，留在城市都是更好的选择。至于人生目的，不管是享受还是努力，不过是各自强执一词，哪有什么正确。

抛开这些争论，我们还是过得很愉快，享受廉价的美食和按摩，跪坐佛像前等风拂过。那天我们坐在庙里，身边有位母亲带着小女儿来拜佛。小女孩极为可爱，母女俩跪在佛像前，低头念上一段话。母亲念一句，稚嫩的童音再重复一遍。我听不懂泰文，但那种对佛的虔诚与真挚让人喜悦，使人相信确有另一种生活的可能，把自己托付于神，让他来照亮我们的生活。

这或许是泰国之旅如此愉快的根源，庙宇无处不在，如同随时随地嗅到花香。在此地，佛教不只是宗教，还是一种生活方式，在每个早起的清晨，在每次合十的手掌之间，也在拥堵的高架桥上。俗世的生活变得如此不重要，鲜有争论，不见嘈杂，带着欢喜，佛光无时无刻不照耀在这里，与尘世贴近。

不管选择何种生活方式，只要在这里，就像是被神亲吻了额头。

我认识的一个渐冻人

饶有兴致地看完多位名人被桶桶冰水浇头而下，我还以为渐冻人症是种陌生的疾病。过了一段日子，我才突然反应过来，原来我早就认识渐冻人。

他是我的邻居，姓周。我出生起，就管他叫周伯伯。那时他还未得病，周家曾是镇上最富有的人家。20 世纪 90 年代初，他开回一台锃亮的黑色桑塔纳，这是镇上第一台私人小轿车。那天全镇人看着他推门走下车来，皮鞋先着地。周伯伯身量高大，皮肤黝黑，看起来粗犷而精明。邻居们悄声说，这车是从牌桌上赢的。

他是商人，下海热时从工厂停薪留职，做生意去了。他出租货车，跑运输，很快发了财。这时他开始赌博，邀人至家豪赌。

一晚上输赢几十万。这让当时渴望成为万元户的小镇人惊异。他实在太过有钱，嫉妒变得没有必要，只能惊异。

那时他狠狠风光过，除第一个买车，也率先装上空调。那时空调是罕见物，夏日纳凉只有睡竹席、吹电扇。周家有两个儿子，安波和安林，我们常一块儿玩。那时大家都渴望去他家吹空调。周伯伯的母亲是个凶恶的老太太，对我们这帮小孩很不耐烦。每次出入空调房若没随手关门，她就会呵斥我们浪费电。我们都很怕她，但还是尽力赖在房里。

有年周老太太做寿，请皮影戏班子来家里演戏。白天敲锣打鼓，到了傍晚，我们带着小板凳过去看戏。那晚来的人实在太多，周家门口挤得水泄不通，我们站在后边无法看清，就急急地朝前钻。好不容易挤到前台，只见周老太太着一身新衣，威严地站着。她皱眉呵斥："小不死的挤什么？去去去！"

她挥着拐杖把我们赶出来。那时人们都说她与丈夫是在20世纪60年代饥荒时，一路从北方讨饭来到湖南，并在此落户的。她这样吝啬不是没有道理。

与长辈的悭吝不同，周伯伯花钱大方。每回从外地回来，他总给邻家的孩子带礼物：乔其纱的蓬蓬裙，会走路的电动企鹅。他站在家门口，大笑着把礼物分出去。邻居们很高兴，孩子们也很喜欢他，那时他像是童话里的好心巨人。他的笑容亲切，但更多是财富带来的傲然。直到他生病，这种笑容才消失。

当时我还小，不明白肌萎缩侧索硬化症是什么，只听说他病了。只有两年工夫，他就不能走路，坐上了轮椅。那时他妻子总在后院支起炉子煮药，药味就飘到我家来。现在回想起来，他先后病了快十年。从中药到西医，只要略有希望，他们就扑过去。

有年冬天，我们都在后院晒太阳，他们刚从北京回来，周伯伯坐在轮椅里，头戴毛线帽子，身上的棉袄宽大臃肿。因肌肉萎缩，他的身体不能撑起衣服，但骨骼仍在，只能穿成这样。他看起来像个老头，而此时他还不到四十岁。

他妻子正在晒毛毯，我记得那块毯子花色特别，很好看。她说是在北京买的外贸货。她拍打着毛毯说："这下你周伯伯去北京看病，开了新药，就要好起来了。"我望着周伯伯。他脖子无法转动，只能朝我眨眼，像是高兴地赞同妻子的说法。

当时我真的以为他会好起来。那几年，妻子带着他在全国四处求医问药，花光了家里的存款。那天她跟我说话的神态，疲惫中仍带有希望。在冬日寒冷的阳光里奋力拍打毛毯，像是想要振奋起来，好日子还可以重来。

可是他的病越来越重，坐轮椅都吃力，整日躺在床上，就在那间装有空调的房里。起先他还半躺，跟探病的朋友对坐。那时他说话困难，只能听着，嘴边挂着涎水，喉咙里发出嗯嗯声。只有妻子才明白他的意思，坐在床边替他翻译。

再后来，我离家上学，很少听到他的消息。虽然他就住在隔壁，但也没见过。生病把他从社会里剔除，塞进无人的角落。他最后的日子里，终日枯卧在床，不能翻身，手指都不能动弹。他要求妻子随时陪在房内，若离开太久，会勃然大怒，认为她不忠。那时没人再去看他，也和他的妻子保持距离。

再后来，他就死了。办丧事时，大家才突然记起这个人来，像是他本就死了很久。

他的妻子信了佛，在家里设佛堂，终日念经跪拜。周伯伯的母亲还活着，只是老太太日子不好过。镇上的人说，现在周家已是他妻子的，媳妇怎会善待婆婆。老太太搬到院落的偏屋里过，只是搭着媳妇吃口饭。她脾气仍然古怪，有时能听见她骂人。虽家道中落，但两个儿子都已长大，安波入赘离家，安林入伍不归，家里空空落落的，很安静。佛堂里不断香火，烟味也散到我家来。

这些年我很少回家，周伯伯已去世七八年，看冰桶挑战时也没能想起他来，还以为渐冻人症是种罕见的疾病。但其实身边早已有人为此受苦。我不知道周伯伯有没有自问过：为什么是我呢？对呀，渐冻人症病因不明，与饮食、运动等生活习惯无直接关系，但疾病就是发生了。渐冻人症在那么多人中挑中了他，为什么呢？从患病初始到枯死在床，他有没有自问过？

即便问了，也没有答案。生而为人，命运就是如此无解。有人中乐透，不明白双色球滚动，为何停在自己的号码上；而有的人因厄运转盘旋转，指针却缓缓指向自己。这一切都无法解释，周伯伯来到这个世界，安静地出生，安静地死去，那些财富、欢乐和痛苦都已消失。渐冻人症就像命运的启示，提醒着人世的无常。

恋恋风尘

飞机晚点三小时，我在机场发烧，窝在恶贵的咖啡馆里，十元一杯的白开水喝了五杯，希望把感冒压下去。我要飞去北方，出席她的婚礼，做伴娘。上了飞机，莫名其妙被升舱。空姐拉上帘子后，头等舱只有我。窗外是深蓝的夜空，机舱里灯光昏暗，安静得正好睡觉，我却怎么也睡不着。

跟她认识已太多年。我还记得在那个周五的下午，我们搭车回家。烈日下的公路尘土飞扬，车却意外停住，等了许久也不开。全车人站起来看发生了什么。我在后排，她正好回头。我扬了扬下巴，问："喂，现在几点？"她手上有表，答："3 点。"

那年我们都十二岁。

后来这些年我曾反复回忆过这场景，午后的阳光透过窗户照进来，车厢中灰尘跳动，她扎了两个小辫子，头顶细小的发丝竖起来，对着我咧嘴一笑，说："3点。"我曾跟她说过这场景，她说不记得了。

这就是我们最大的区别，我沉浸于回忆，略悲观，而她是现世享乐主义者。我们在同一间寄宿学校念书，不同班，每周五一起搭两小时的巴士回家。中学六年，从未间断。在不回家的时候，我们骑着自行车在街上疯跑，对路边的行人大笑。那些引人发笑的内容早已忘了，可那时的青春就是如此明亮，可以笑出声来。

每个周末我们都腻在一起，逛街、吃饭，向她爸爸讨要零花钱。有一次，我骑车载她，前面有辆大巴，由于冲得过快来不及刹车，我叫嚷着："你快跳，快跳。"她噌地跳下单车，我以"人"字形撞贴在大巴车上。这辆车并未开动，我也没受伤，我们两人又为撞上静止的大巴车狂笑不已。

她是学校最漂亮的女孩，而我就是那个女伴。她在学校里换了若干男友，而我则替她向不同的对象传过纸条。我们曾躺在床上不停地谈论未来，会嫁给谁，会有什么样的婚礼。我记得有一天谈论起结婚戒指，她说："钻戒要三克拉以上才有灵魂。"我惊愕地体会这句话的厉害之处。她是精明的现实主义者，对庸俗怀有期待又能及时戳破虚伪。

在万米高空，想起这些年，我们身边的男人换了又换，只有我和她没有变过。而如今，几小时后，她真的要结婚了。那些被反复谈论的场景终于成为现实。我们都长大了，她没有拿到三克拉以上的结婚戒指，只有一颗小小的钻石，白金爪托着，怎么看也不像有灵魂的样子。

她嫁得并不如意，那颗小小的钻戒已是奢侈。此前她已订过婚，和一位我们都喜欢的男孩。这人高大帅气，弹一手好钢琴，家境也不错。订婚后，男孩出国留学，每年带回来大量礼物，连我都有份。只是异地恋总是艰难，她爱上了别人，一个远在北方的男孩。于是她哭着退掉原来的戒指，孤身离开家。

由于这座城市离家太远，她只能从酒店出嫁。女方亲友只来了父母和我。她本说太远，不让我来，可以等回老家办酒席时再参加。我想了想，说："还是去吧，嫁那么远，我送送你。"于是我飞了几千公里，只为在此地停留二十四小时，参加她的婚礼。

飞机降落后，高烧已退。我在出租车里看她未来要生活的城市，干燥、灰暗和乏味。她嫁的男人我也不喜欢。对我而言，他只是个陌生人，为什么要把我最好的朋友骗到这里？我冲到酒店大堂时已是凌晨 1 点。为了不打扰她睡觉，我让前台小姐带我去 603。前台小姐问："603 不是结婚的那间吗？"我说："是呀。"她问："你是新娘吗？"我笑了，说："我是迟到的伴娘。"

进房后，她已睡了，我轻手轻脚洗漱，然后躺在她身边。她被我惊醒，问："是你吗？"

我说："是啊。"

我们躺在床上，中间隔了很远，彼此都没有睡着。就在她出嫁的前一晚，我睡在她身边，两人竟无话可说。我们之间不仅是隔着被子，还有过去的十多年。那些欢笑、争吵、回忆，还有对爱情、婚姻和人生的期待，那么那么多，却只有沉默。

一夜无话。

第二天的婚礼就像所有婚礼一样，喜庆，喧闹，嘈杂。行礼时，她在台上，我在台下。她父亲发言，丈夫站在身边。在尘世幸福最完美的一刻，她的目光投向我，骄傲而深情，我扭过头去，两人都泪光闪闪。

婚礼结束，宾客散尽。我和她把婚纱收起来，那件直径三米的婚纱像一座宝座。每个女生迫不及待地穿上它，却不知道叠起它有多费劲。我们手脚并用，试图笼住裙摆，塞进袋里，甚至喊起口号："一二三！""好，马上就要进去了。""就要成功了！"最后，袋子破了，婚纱又嚣张地撑开。我们都脱下了礼服，身上只剩 Bra 和内裤，浑身是汗，坐在地板上大笑。

婚礼是如此累人，永远都不想来第二次。我无法接受这种麻烦的婚礼，不如旅行结婚，在海风猎猎的沙滩，只有两个人，天空化作玫瑰色，哪里有这些琐碎事。可她说："这样你就没办法收红包了。"她喜气洋洋的现实态度总能把我的浪漫主义击碎。我们一起数起红包，骂某个小气鬼只给二百块，连名字都不敢写。我掏出厚厚的红包，说："原本应该更厚一些，但是买机票了，你收着吧。"

她说："以后还不是要还给你。"我也只能愕然。

处理完所有琐事，我们去买水果。两人站了大半天，礼服勒得很紧，什么都没吃。我们走在街上，她和相识的店主寒暄，与小贩讨价还价，我知道她就要留在此地，迎接新的生活。而我几小时后，就要飞离她的城市。再好的朋友，长大了也是聚少离多，每天都要面对各自的生活。

入夜，她要送我去机场，我让她留下照顾父母，自己打车去机场。分别很普通，不过是说一句，到了发短信。我坐进出租车，被北方的风轻拂，突然记起一首词："沙河塘上春寒浅，看了游人缓缓归。"这些年，那些我们爱过的男孩，不知道终究去了哪里，而她留在此地，我独自缓缓而归，只能暗叹："花满市，月侵衣，这恋恋的风尘啊。"

和这个世界相处不好

前几天，有个朋友在线上跟我说话，讨论某段诗的翻译，他说应该用“鸽翼般的白”而不是雪白之类，我看了一眼，想都没想，随意回复了“哦”，然后做自己的事去了。

那天晚上，我想了想，为什么我对文字、翻译之类的事不感兴趣？或者说，我对所有的琐事都不太关心？我爬起来又看了他当时与我的对话，细看之下，发现他的语感好，用字讲究。但我在与他说话时就是对这件事不敏感，甚至着急地结束对话。

我不仅与人交流时很急，做任何事都是，就连用 iPad 听歌，每一首歌放到曲尾，歌手唱完最后一个字，我马上就按下一曲，不能等几秒让它放完曲尾旋律。

为什么我总是这么急？我想也许是因为焦虑。自工作以来，焦灼、沮丧一直出现在我身上，并非由于工作过多或者难度太大。对于工作，我做得并不坏，但焦虑却无时无刻不出现。

除工作本身外，与人交往是令我最焦虑的一部分。所幸我是一个记者，无须朝九晚五，只需每周到报社一次，与同事接触的时间很短。即便这样，我仍然紧张，我会错过第一个报销日，然后错过第二个报销日，接着错过第三个报销日；我会因层层领导审批而耗尽耐心；我还会在人群里无所适从。

但我在人群中并不沉默寡言，还往往是最健谈的那一个。每次开会或饭局，要是气氛热烈，我便躲在人后不说话；要是冷场——天啦，我真是害怕冷场——我就会怀着恐惧侃侃而谈。大脑飞速旋转，抓出三百多年前的一些段子，看见大家笑得前仰后合，我也跟着笑。可我并不觉得舒适自在，相反，只觉得懊悔，简直不知道自己为什么要说话，为什么要做出高兴的表情，心想，快点闭嘴，离开。

有时我想，这个世界期望我开朗、友善，它期望我不错过报销日，它期待我为人靠谱、努力上进，但我就是和它相处不好。若你觉得我古怪、孤僻，其实我也过得很辛苦。

有一天午后，我在市场买菜，因买得太多，只能等人来接。我拎着菜在市场找了一家饭馆坐着等。这家饭馆摆了几张简易餐桌和塑料椅。那时中午刚过，饭馆吃饭的人都吃完走了，老板娘正在收拾店面。她身材矮胖，提着铝桶到水龙头下接水，提回来后，倒在地板上，她双手握住竹扫帚，一来一回地洗刷地面。

我听见脚下有响动，低头看见一只白色的小土狗，长得痴肥，眼睛处有一块黑斑，有一对双眼皮。小狗被一条铁链拴在桌腿上。周围有孩子跑来跑去，他们大多是菜市场内小贩的孩子，放暑假了，就跟着父母来到菜市场里。小狗见到孩子跑，它也跟着跑，边跑边吠，但跑不了几步就被铁链拉住。

它好像有点着急，铁链绷得笔直，小狗后腿支撑着身体，站起来冲孩子们汪汪。孩子们见它不能挣脱铁链，故意逗它，脚踩在地上砰砰作响，佯装要打它。它吠了几声，觉得没意思，索性躺在地上，睁着眼睛看着孩子们，不再有反应。

我就坐在饭馆前。中午刚过，市场里仍然很热，混着蔬菜的味道、肉的热腥气、自来水冲完地板的气味……周围人声四起，有的孩子缠着妈妈要钱买零食，有的小贩在做买卖，有收垃圾的老人把堆在菜摊前腐坏的蔬菜收走。

我什么都不用做，只是坐着，头顶上有个吊扇，吹来一丝凉风，头发抚在颈窝里，觉得有一丝痒。我只是看着，不用说话，见周围的人在生活，而我却什么都不做。那时，我欣然四顾他人生活而不知时间流逝，就像找到了自己在这个世界上最舒适的位置。

三个女人

冰箱低沉的嗡嗡之声在屋内回响，打开冰箱门，微黄的灯光之下，洁白的三层格中间，挤满进口的奶酪、果酱、酸奶。三个女人住在这里，食物是她们在一家专营外国食品的超市中团购而来，她们喜欢昂贵且带有健康标识的食物，大袋购入后放在冰箱，等待过期。她们的生活与冰箱中的井然有序相反，像一团相互缠绕的毛线团。

隆冬的寒风在窗外呼啸，窗户上蒙上一层水汽，室内烟雾氤氲，她们在沙发上抽烟。嗑瓜子的声音、电视里的低语成了伴音，她们横躺在沙发上说着自己的生活。第一个女人想出嫁，在两个相亲对象之间犹豫，男人一有钱没有头发，有女儿没有妻子；男人二有爱没有钱，有耐心没有房子。第一个女人以手抚额自问：

“我到底该怎么办？”

“求钱得钱，你管他有没有头发。”第二个女人弹了弹烟灰，看着电视。第一个女人望着天花板，放在额头上的手一动不动，小腿悬在沙发上。手机响起来，她从沙发上一跃而起，接完电话，走进洗手间收拾自己，说男人一约她吃饭。第二个女人笑了笑说，吃得开心。第一个女人没有说话，出门的时候说：“不会开心的，又不喜欢。”门砰地被关上。

第二个女人撇了撇嘴，她刚与法国男友分手，法国男友之前是美国男友，美国男友之前是法国男友，法国男友之前是美国男友，美利坚和法兰西的文化在她身上来回更替。她掐熄了烟，走到冰箱前，拿了一瓶酸奶和两片吐司。“那个法国人又找了个柬埔寨女人，脸和胸都还没发育。”第二个女人咬了一口吐司。

“你管他找什么女人，你好好另找一个。”第三个女人说话时手和嘴里的瓜子没停，一粒接一粒送入牙缝之中，咔嚓，壳被咬开，瓜子仁剥落，被舌头卷入嘴中，咀嚼，吞咽，再来一粒。“我还是要找外国人，美国的最好，法国人说英文听不懂。”第二个女人拧开酸奶盖，嘴里嚼着吐司，眼睛盯在食物上。这时，电话响起，她急忙吞下口中的食物，沾了酸奶的手指在嘴里吮了一下，“Where shall we meet?（我们在哪里见面？）”一个单词一个单词从嘴里缓缓吐出，平行的。

第二个女人换好衣服，齐膝的羽绒服下穿着凉鞋。“你这样出门不冷死才怪。”第三个女人收回投向凉鞋的目光转向电视屏幕，手仍然有节奏地摁着遥控器。“外国人都是这么穿，他们都不怕冷。”她打开门，紧了紧羽绒服，抓住包和垃圾袋匆匆下楼。门忘了关，寒意袭了进来，第三个女人嘟囔着，放下遥控器起身关门，砰然作响。

电话又响了，她走进房间，空无一人的客厅里只有电视的喃喃自语。第三个女人最近与老板吵翻辞职，赋闲在家。她的声音从房间里传出来，与电视广告一唱一和。“我一定要成功。”——“多种岁月问题，一瓶搞定。”——“我这次辞职了就要做给他们看看，我不能让人小看我。”——“巴黎欧莱雅，您值得拥有。”——“我要是混不出来，我又不能回去，我是没路了。”——“天才第一步，雀氏纸尿裤。”——“我一定要成功。”打完电话，她也出门赴约，准备成功找到下一份工作。

声音越来越低，第三个女人也离开了家。电视自动播放着电视剧。天暗了，灯还没有开。堆置在茶几上的烟蒂、瓜子壳、被咬了几口的吐司、还没来得及喝掉的酸奶在电视屏幕的荧光之下若暗若明。

三个女人此时正匆忙赶往欲望之地，她们混在人群中，昏暗的天色和晶莹的灯光交替在人群漠然的脸上，就是诗人庞德所写：“人群中这些面孔幽灵般显现／湿漉漉的黑枝条上朵朵花瓣。”缺乏生机、怏怏不乐的人群低着头，一心想投入某个明亮温暖的地方。

亲爱的，去生活

我一直在思考乔布斯和楼下保安小哥的生命谁更有意义，要是比名气与财富，当然乔布斯胜出。但这仅仅是名利，不能说明他的生命更有意义。要说乔布斯改变了人类的生活方式，可是要是我家楼下保安决意实行宵禁，晚上 12 点以后关上大门，那我就得睡在马路上。这时我可不在意兜里揣的是不是智能手机。

终于有一天，我发现自己找到了答案，就在这本叫《亲爱的生活》的书里。

作者艾丽丝·门罗是 2013 年诺贝尔文学奖得主，现已八十四岁。老太太老早就发嗲说再也不写小说，在《亲爱的生活》后就此封笔。拿奖后，她又忸怩地说不排除再写的可能。可当时她真把这本小说当作收官之作，说 :“这是我最好的作品。”

与从前一样，《亲爱的生活》是一部中短篇小说集，也是门罗最擅长的题材。它所写的是普通人如何应付自己的一生，不时感到绝望，又不时感受到神的恩典。

书中共十四篇小说，门罗所写的是十四个普通人的生活。其中“最门罗”，也是我最喜欢的一篇小说是《骄傲》。这个故事里，男主角是个兔唇，说话结巴，由于残疾而未能参加战争；女主角是个家道中落、不谙世事的富家女。男人中学毕业，进百货公司当会计；女人在父亲去世后，卖掉家里的大宅。她不懂行情，一味想要逃脱那幢房子，贱卖给地产商。商人没有遵守不拆祖宅的诺言，反而将此地铲平，重建一幢公寓。女人发现自己无处可去，只好租了公寓的顶层，连优惠价都没能拿到。

男女主角相遇很偶然，本是中学同学，后来彼此都失去了亲人。女人经常去男人家看电视，两人有共同喜欢的电视节目，不咸不淡地来往，看了几十年。突然有一天男人病了，女人就搬到他家里来照顾病人。等病好了，女人突然说，既然我们都独自一人，为什么不搬到一起住呢？两位单身中年人，面临要共度余生的尴尬。男人一时不知如何拒绝，推托也要卖房子。女人也懂了，就说那也好，于是扭头度假去了。男人发现真得卖房，不然没法交代，赶紧找住处，发现镇上只有女人住的那幢公寓有房出租，于是他们竟然成了邻居。

房子卖出去了，男人收拾旧物。有一天清晨，他拾掇旧屋花园，给干枯已久的喂鸟盆注了水。女人度假回来，正好路过他家。两人打了招呼，突然女人看见水盆里挤满了小臭鼬，门罗写道：“它们多漂亮啊……它们皮毛上的白色多过黑色……匆匆跑过，上下跳动……离开澡盆，穿过院子，跑得很快。”于是男人和女人站在初升的太阳下，看着小臭鼬们跑开。他们都不再说话，感觉此生“不会比这会儿更高兴了”。

我喜欢这故事里的一切，凋敝小镇上的无名男女，不算悲惨也不幸福地过了半生，在有机会改变时却出于莫名其妙的原因没能抓住。他们是最普通的男女，却在某个清晨观看了一场臭鼬表演而获得神的恩典。这对普通男女的人生有意义吗？我不能回答。因为每个人只能在自己的人生内感受意义。

关于生命意义的困扰在此迎刃而解，没有谁的人生比其他人的人生更有意义。人可以获得更多财富，做出伟大的事业，但意义则降落于每个人身上。我们都局限在自己的肉身中，无法为他人做出意义判断。于是我更相信这世上没有平凡的人，只是有人会更有钱、更有名，意义则谈不上。

想到这里，我真是松了口气。我读过太多的成功学著作，它们无一例外地将人的生命划分为有意义和没意义，鼓励每个人去追寻生命的意义。在它的标准里，成功有意义，而失败则无意义，我简直焦虑得快要爆炸。读完门罗的这本书，这种温柔的宁静让我知道，人生不能依傍别人的判断，于是我豁然开朗，接受了眼前的一切。

每个人所要做的只是生活，迎着明天走去，意义已在人降生之时来临。如果神决定亲吻某个凡人的额头，你需要做的只是仰起脸。

亲爱的，去生活。

一个异见分子的一生

在高尔泰一生数次逃离死亡之后，他已是一位老人，回到家乡之时，家破人亡，活着的姐姐指着邻家堆满破烂杂物的阳台上一个晒太阳的老人，告诉他，那就是在 1958 年，监管“阶级敌人”的民兵队长，直接虐杀高尔泰父亲的凶手。他望着那个老人，在阳光照射之下，老人一动不动，可能已经睡着了。高尔泰看不清楚帽檐底下阴影中的脸，只见胸前补丁累累的棉大衣上一摊亮晶晶的涎水，和垂在椅子扶手外的枯瘦如柴的手。就在那一刻，高尔泰一下子失去了几十年来的人生支柱，那就是仇恨，浸透着血和泪的仇恨。

高尔泰是画家，1957 年，年仅二十三岁，因发表《论美》一文被打成右派送往夹边沟劳改。五年后，劳改结束，逃出流放之地的高尔泰渴望安宁，一头扎到西北沙漠敦煌文物研究所从事绘画研究。在暂获休憩之后，1966 年，“文化大革命”爆发，他在边陲之地又成了“揪斗分子”，一斗就斗了六年。之后被送到“五七干校”劳动，劳动了五年，1977 年，终获自由身，调至兰州大学哲学系任教授。

一段数百字的苦难履历表背后，是二十年的时光，他由郁勃而有生气的少年成了沉痛的中年人。他在数度被劳改、揪斗、改造之时，他的父亲在“大跃进”时，因被打成“地富反坏右”被虐待致死，母亲前去收尸时，父亲背上的衣服焦黄，粘连着皮肤上破了的水疱，撕不下来。在临死之前，父亲正在毒日头底下背砖头。母亲抱着从跳板上跌下来的父亲的尸体当众大哭，被指控为“具有示威的性质”，现场被批斗。他的妻子在劳动改造中去世，留下几岁的女儿。此后，高尔泰带着女儿，在兰州大学、社科院、四川大学辗转漂泊，执教为生。

1986 年，女儿十九岁，考上了南开大学。因为“反自由化”运动，有人整理了高尔泰的资料，向国家教委告状。南开大学因为录取了他女儿受到国家教委的批评，取消了他女儿的名额。女儿坚持要去上学，行李都已打包，在开学的前几天失踪了。高尔泰在车站找到女儿时，她目光呆滞，言语异常，送往医院检查，确诊为精神分裂。几年后失踪，在郊外的树林中发现尸体。

《寻找家园》中所写的，正是高尔泰一生的飘零。令人诧异的是，在这本书的字里行间，鲜少窥见怒意，在深重的苦难之间，高尔泰好像并不愤怒。有人称赞高尔泰学会了宽容和妥协，高尔泰解释，这只是误解。他说，宽容和妥协是强者特权，弱者如我辈，一无所有，不是可以学来的。是在无穷的漂泊中体验到的无穷尽的无力感、疏离感……让他涤除了历史的亢奋，学会了比较冷静地观察和书写。

在《寻找家园》中，对苦难的申诉变成冷静的对人生的书写，甚至有一丝滑稽。在夹边沟劳改时，高尔泰和一干劳改分子要在盐碱地里挖沟，日出之前出工，日落之后收工，狂风呼啸，时间消逝，日复一日。被监工羞辱和殴打不算什么，他吃不饱，每天的早饭和晚饭是一样的，白菜和萝卜煮熟之后，掺和进苞谷面搅拌成糊糊，很稀。大家吃完自己的糊糊，就到桶里去刮桶壁上薄薄的一层，起先是轮流刮，后来抢着刮，把饭桶倾侧过来，用铝勺刮，刮下来的汤汁带着木纤维、木腥气和铝腥气，一并吃掉，吃完了还是饿，就出门上工了。

一日，高尔泰出工时，发现远处有一棵沙枣树，他眼睛一亮，在收工的时候故意掉在队伍后面，等队伍走远了，猫着腰，朝沙枣树偷偷跑去，他写道："虽然猫着腰，远处队伍里只要有人回头望，也还是有可能发现我的。"好在并没有人发现他，他跑到沙枣树旁，树上果实无多，但足够他吃，他边采边吃，把沙枣塞进棉衣的破洞里，装了许多，然后往回跑，边跑边吃。但队伍已经走远，天色渐暗，他在戈壁中迷路了，他安慰自己不要着急。迷路的时间很短，后来顺着盐碱地里挖出的沟，悄悄跟上了队伍，他在夜色中小跑，快到场部的时候，终于追上了，一下倒在地上，人们把他抬了进去，醒的时候，他身上的沙枣散在铺位上，被工友抢着吃。他想着他跑回来的时候，月冷笼沙，星垂大荒。一个自由人，在追赶监狱。

在夹边沟的日子并非只是劳动改造，还需要面对各种政治学习、思想改造、工友之间的相互举报。一次，场部连夜搭造了一个篮球场，因为有参观团来参观。在参观团来之前，白天加强相互监督学习，晚上加强揭发批判，谁谁谁老是吊着个哭丧脸：你是对谁不满？谁谁谁一天到晚闷声不吭：你打的什么鬼算盘……这样互相揭来揭去，大家都有共识，原来所有人的思想都没有改造好，要求立即改变风气。

于是在工地上，每个人都在微笑，随时随地都在微笑，眼睛眯着两角向下弯，嘴巴咧开着两角向上翘，就是微笑。工人们，笑着抡镐，笑着使锹，笑着抬筐跑上坡跑下坡。高尔泰也笑着，他写道："我假想有一个不知就里的局外人，一下子面对这种独特的景观，一定会惊骇得张大嘴，半天也合不拢来……我又想，假如这时发生地震，我们全部都突然被埋进地下原样变成化石，异代的考古学家也一定不能解释，这举世无双的表情到底意味着什么。"

高尔泰在敦煌工作之时，"文化大革命"爆发，他被安排打扫敦煌石头洞，在大大小小的洞中扫灰。他喜欢扫灰，躲在四面都是墙壁的地方获得片刻安宁。只是可惜天黑之后，他得回到外面，和其他揪斗人员一起，在毛主席像前请罪。唱语录歌、听训话、互相揭发批判和自我揭发批判，一如但丁笔下的鬼魂，互相撕扯咬啃。

高尔泰所记录的生活，沉痛的苦难混合着滑稽、不易求得的片刻宁静、边陲之地的美景、所遭遇的人事之间的罪恶。他并不明白，也不理解，为什么他们的一生要被那些不爱他们、不理解他们的人在顷刻之间决定，为什么？他不服气，不论是在劳改还是揪斗中，他始终不服气，没有片刻臣服于教条和权威而失去人的尊严。他只想在天地间舒展四肢，大写一个“人”字，获得应有的尊严。这或许也就是有人能在铺天盖地的斗争中求得自保而高尔泰始终被批判斗争的部分原因。他不服气，他渴望生而为人，即有尊严。他是一个痴人，一寸山河一寸血，他却痴心一片写剩山。

在书中，最让我感动的是，高尔泰在残酷的斗争中始终善良。在“文化大革命”期间，他和几个“牛鬼蛇神”被送到荒山中垦地，粮食不足，想抓点动物吃。他们在山里放了捕羊的铁夹。高尔泰去看的时候，上面有一只黄羊的断腿，羊跑了。他和一个同行的厨师顺着地上留下的足迹追，发现了黄羊，黄羊一直在跑，高尔泰慢慢跟上了它。他写道：“我慢慢跟着它走。这个既没有尖牙，也没有利爪，对任何其他动物都毫无恶意、毫无危害的动物，唯一的自卫能力就是逃跑。但现在它跑不掉了……躺在地上，血不断渗入沙土。后半身血肉狼藉，可前半身毛色清洁明亮，闪着绸缎一般的光泽。它昂着稚气的头。雪白的大耳朵一动不动，瞪着惊奇、明亮而天真的大眼睛望着我，如同一个健康的婴儿。”

高尔泰愣住了，他不知道应该怎么办。同行的厨师跑上来，满脸放光，赞叹黄羊真大，扑上去把羊的四条腿——包括那条断腿——捆起来，把杠子穿进去，准备抬走。高尔泰坐在地上，抽了根烟，然后和厨师抬着羊下山回去。路上羊发出奇怪而悲惨的叫声，高尔泰放下杠子，让厨师把羊宰了再抬回去，厨师不同意，因为气温在零摄氏度以下，宰了抬回去会冻硬，硬了再化开不好吃。高尔泰生气地说："它痛得很呢！"

正是这种人性中的善良更让人沉痛，他历尽苦难，还对一只垂死的黄羊有情，对同时受苦的人有义，但他身上发生了什么？这种在扭曲的人性、无边的苦难之间泛着光的善良让人难以承受。这是一本好书，但我无意赞美它是一本好书，由苦难练就文字不值得，因为我无意赞美苦难，无意赞美在无穷的残忍的愚蠢的苦难中所获得的美，这是罪过，这种美在罪过面前不值一提。

怀着柔情恨祖国

虽然马里奥·巴尔加斯·略萨是结构主义小说家，但他本身却活得像一个虚构人物。1990 年，略萨竞选秘鲁总统失败，但同时，他获得了波士顿大学、英国伦敦大学、以色列耶路撒冷大学授予他的荣誉博士称号。此后世界各大名校，如耶鲁、哈佛、牛津、法国巴黎大学，均以授予他荣誉博士称号为荣。

这是成名之后的略萨，在此前，青年略萨是银行职员、图书馆编目员、记者、广告电台新闻部主任以及守墓人，他同时做七份工作维持家计。略萨之所以如此辛苦工作，是因为他结婚甚早，十九岁与舅妈的妹妹胡莉娅·乌尔吉蒂相爱结婚，十年后他又爱上了自己的表妹帕特丽西娅·略萨·乌尔吉蒂，与妻子离婚后，与表妹结婚。

在略萨竞选秘鲁总统期间，秘鲁国家电视台每日在黄金时段播送他的小说《继母颂》，其中涉及诸多性爱描写，主持人在读小说之前会警告父母让孩子离开电视机前，因为下面要播出的东西令人作呕。不同政党派别的心理学家认为略萨应当接受心理治疗。1990 年 3 月 13 日的一个竞选集会上，略萨刚刚登上主席台，就有一群捣乱分子用石头和鸡蛋向他打来。其中有个鸡蛋打碎在略萨妻子的前额上。

略萨在竞选失败后曾经说过："这个世界是由魔鬼统治的，谁介入政治，谁就和魔鬼签了契约。"他在组织政党参选期间，其他政客用极其肮脏的手段和狡诈的诡计对他造成极大的影响。就在略萨退出竞选前的两个月中，有六百多人死于政治暴力之中，杀人案多达三百多起。

这便是略萨的祖国，按照他的说法："造谣生事、卖官鬻爵、敲诈勒索、出卖告密、胡作非为，成为普遍的社会现象，污染了国内的生活。"不过这并非略萨竞选时的情景，而是他在小说《酒吧长谈》里所描写的祖国。

《酒吧长谈》中所描写的是 1948 年至 1956 年秘鲁由奥德利亚军事独裁统治时期的社会现实。由两位主角圣地亚哥·萨瓦拉和安布罗修·帕尔多在酒吧的对谈引出回忆，带出全篇故事。圣地亚哥的父亲是秘鲁大资本家，安布罗修曾是圣地亚哥父亲的司机。

圣地亚哥是略萨的化身，在小说与现实中，他们都在奥德利亚将军上台后考入大学。奥德利亚在执政之后，屠杀、监禁、流放了不少异见分子，其独裁统治的恐怖阴云笼罩着秘鲁。

进入大学之前，圣地亚哥与略萨都不甘愿只当公子哥，不愿意进入家人所安排的天主教大学，而是进入一所平民学院。略萨目睹了社会中种种偏见与不平等，他希望同穷人一样，搞一次革命，给秘鲁人带来正义。小说中的圣地亚哥同样如是。在进入大学后，独裁政权捣毁了有不妥协趋势的大学，略萨见证了许多教授流亡国外；在小说中，独裁政权一次搜捕便把学生投入监狱或流放异国。

略萨同圣地亚哥一道加入了当时大学内名为“卡魏德”的共产党组织，他们成立小小的支部，组织学习马克思主义，印刷反独裁政府的传单。在小说与现实中，略萨与圣地亚哥促成了声援电车工人的罢工。

但略萨对共产主义一直有所保留，他的初衷是帮助穷人改善生活环境。虽然略萨当时并不是有名的作家，但他对文学的关注也使他质疑共产主义。苏联时期，在文学领域内，党的官方美学理论是社会主义、现实主义，这是使略萨首先对“卡魏德”失望的地方，他永远不能接受把文学创作变成党的理论的宣传手法，扼杀了幻想。

他对共产主义的保留同样在圣地亚哥身上发生，在“卡魏德”组织内学习共产主义的文学作品时，圣地亚哥便认为《钢铁是怎样炼成的》是一部乏味的小说，而为腐朽的法国作家纪德的《人间食物》做辩护，使得组织内的成员对他不坚定的态度颇有微词。圣地亚哥最终没有选择加入共产党，而是成为党的同情者。

这似乎是略萨如今变化的一个开端，曾支持卡斯特罗革命、身为格瓦拉派青年领袖，还作为狂热革命分子进入古巴“朝圣”的略萨，在1960年参观古巴之后，放弃了原有的价值观，转向了自由主义。

这只是略萨个人的转变，在秘鲁国内，略萨竞选总统期间，一个名为“光荣道路”的极左武装组织号召发起“无产阶级的武装与政治总罢工”。该组织的指导思想是“武装夺取政权”，他们在山区实行“红色恐怖”，在首都利马的工厂、学校和贫民区办训练营，谋杀、绑架、置放炸弹、草菅人命，企图破坏选举进程。这是小说中圣地亚哥已无法看到的境况。

在略萨参加“卡魏德”期间，最重要的一件事是认识了当时独裁政权中负责保安工作的头目。此人给略萨留下了极深的印象，“他是个矮小的人，五十多岁，面如羊皮，令人生厌”。他拿起了略萨所在组织内秘密印制的《卡魏德》小报，说：“哪篇文章是你们中的哪个人写的，你们在何处集会油印小报，你们支部进行何种密谋，我都了如指掌。”

这时略萨决定写下《酒吧长谈》，书中与圣地亚哥对谈的安布罗修便曾是这名负责保安工作头目的打手。书中这名保安头目名为卡约·贝穆德斯，在奥德利亚将军政府内任内政部长，他豢养打手，培养特务，逮捕、拘禁、流放异见人士，操纵政府选举，伪造选票，为独裁统治者平压暴乱，清除党外人士。安布罗修在卡约的指使之下，强迫平民参加支持独裁者的集会，扰乱异见分子的聚会。

两人的长谈在一个混乱的小酒吧展开，在圣地亚哥与安布罗修的对谈中，卡约·贝穆德斯的恶行逐渐铺开。作为结构主义大师，略萨在《酒吧长谈》中同样用了精巧的结构，在圣地亚哥与安布罗修的对话中插入了另外四组对话，分别展示了奥德利亚独裁政府统治时期的各方面。

这五组谈话没有时间顺序，也没有分章节，只是在谈话中插入谈话，略萨安排五组对话同时铺开，但又不是简单地将五组对话零散地嵌入其间，而是使用了诸多技巧。比如，在圣地亚哥与安布罗修的对话之间，若回忆到了一扇门，那故事就转入另外一个时空之中，在这扇门后所发生的故事。若安布罗修问了一个问题，下一个回答的则不是圣地亚哥，而是圣地亚哥所回忆的一段往事，往事里有另外的人物来回答这个问题。

略萨打破空间的限制，跳跃了现在和过去，手法精巧，转换之间毫无滞力，但依靠对话推动小说是有缺陷的。比如要明白现在说话的人是谁，说话之人就必须依靠一些手法来表明自己的身份，比如在对话中加入对谈之人的名字，或加入其他的语言提示。

读者必须依靠对话之人首先给出的提示明白小说跳入了哪一段对话，而提示性的名称出现得太过频繁，似乎会破坏小说的美感，也会让文本显得冗余。近六百页的《酒吧长谈》，若删除了这种提示性的名字，则会少掉一百页。这是结构大师在尝试新的写法之时必须留下的“缺陷”，若认定它是一种缺陷，那它便让文本变得冗长；若不认定它是一种缺陷，那它则是这种写作手法必须尝试的一种方式。它是好是坏，没有标准来判断。

《酒吧长谈》展示了秘鲁在奥德利亚独裁的八年间的社会动乱与恐怖统治。小说结构精巧，让人为之赞叹，但最让我有感触的是：在位者，如奥德利亚、卡约·贝穆德斯这样的“大人物”；在下者，如安布罗修这种“小人物”之间的关系。大人物为保全自己的利益，随意冒出一个念头，动一动手指，即有无数小人物跑出来，为他们四处卖命奔波，有更多不知姓名的人的命运便被决定，他们被杀死、监禁、殴打、流放，在生与死、恐怖与危难中苦苦挣扎。

我揣测那些大人物是否了解诸多生死只在他们的指间，他们是不是像我们平日玩电脑游戏，指挥一群游戏人物与怪物杀得死去活来，自己在屏幕外获得刺激，目睹着无关自己的生与死。

略萨曾说过，他恨秘鲁。他的书中反映的秘鲁现实让政府动怒，小说长期被禁止出版，在解禁之后又被焚烧，他曾一度被取消了秘鲁国籍。他说：“我的国家不是叫我生气，就是让我伤心。”他也曾怀疑自己对秘鲁的批评是否过于严厉而有失公允，但他知道，在这种批评之后是与祖国休戚相关，这种恨，总是浸渗着柔情。

笨蛋，不只是香港！

《麦兜我和我妈妈》一开场，麦兜就长大了。他变成了神探鲍比，风头正健，盖过福尔摩斯——这只小腿粗壮又没有腰的小猪，竟然成功了。

做神探，可不符合麦兜的梦想。他曾梦想做一个校长，每天收了学生的学费后就去吃火锅。今天吃麻辣火锅，明天吃酸菜鱼火锅，后天吃猪骨头火锅。他对爱情的期待是有情人终成扣肉，两情若是久长时，又岂在煮猪肉。这只善良得连新橡皮都不肯用的小猪，终于在成人的世界里，以成功者的身份出现了。

他成功的起点是妈妈麦太去世。

这部电影大部分在回忆麦兜小时候的故事：单身母亲麦太，为赚钱在电视台扮演家居侠，供儿子接受各种教育。和所有香港人一样，她希望去世的时候有块墓地，可以对着大海抖抖脚。麦太努力教儿子求生技能，带他去菜市场练习讨价还价，一定要说“你便宜点嘛”“都快收摊啦，便宜点买给我”。母子俩每日省下三块半，一年就能吃一次靓煲皇。

麦兜不可避免地长大了，起先他真的成了一只失败的猪。青年麦兜在家无所事事，找不到工作，女友“劈腿”。其实母子俩有过发财的机会，麦太买彩票，让儿子选号码。麦兜的童子手奇臭无比，三十六个号码能选错三十个……阿 May 说麦兜是博彩界明灯，只要他反选号码即可。后来麦兜真反选出中奖号码，但麦太却没有买。她说，即使全世界都不相信你，我也信你。于是两人依旧很穷，麦太仍要打几份工，带着儿子四处通厕所。

这就是麦兜的未来。在幼儿园时，他曾经说过：“原来有些东西，没有就是没有，不行就是不行。原来愚蠢，并不那么好笑，愚蠢会失败，会失望。失望并不那么好笑，胖并不一定好笑，胖不一定有力，有力气也不一定行。拿着包子，我忽然想到，长大了，到我该面对这硬邦邦、未必可以做梦、未必那么好笑的世界的时候，我会怎样呢？”你看，未来并没有怎么样，依然如此无情。

电影里莫名出现的大表伯很奇怪。他是个小贩，专在无人出没的荒野卖一种味道的面条。麦太生病住院时，大表伯帮忙照顾过麦兜几天。那几日，他带着麦兜在荒野卖面，不说话，看星星。

麦兜觉得大表伯像外星人，是误入了地球一日游的旅客。麦太病好后，大表伯再没出现。

其实大表伯很可能就是麦兜的爸爸菠萝油王子麦柄。当年他结识女青年麦太，却在婚礼前离去，留下一封不三不四的信，称自己是王子，还有复国大业要完成。麦太曾把这故事讲给麦兜听，她讲的当然是童话，但麦柄在信的最后写了一句："我不能无声无息步入黑暗。"

麦柄惧怕的黑暗是什么呢？是生活。菠萝油王子不能碌碌无为地作为厨师活着，他渴望另一种人生。可是很可能王子只是在另一个地方结婚生子，不能来照顾麦兜和麦太。他还是不可避免地堕入了黑暗，而此刻青年麦兜同样站在了黑暗面前。

人们喜欢麦兜，是因为他这么胖、善良、肠子特直、笨。我们将对功利世界的恐惧、对社会竞争的逃避投射在这只注定终生失败的小猪身上。可他如果彻底坠入黑暗，那这故事就太沉重了。麦太去世后，麦兜突然醒悟——如同所有的成功故事，他多读点书，努力上进，找到工作，成为神探。

人们说到麦兜和他妈妈麦太总喜欢提到香港，称他们是草根典型：勤力苦干，低头赚钱，精打细算，成为中产。这部电影的结局也是如此，麦兜成功了——可是笨蛋，这故事讲的不只是香港，还有爱！是麦太盲目的爱让麦兜免受黑暗侵蚀，她将输的留给自己，将赢的都给了儿子。即便麦兜真的只是个失败者，全世界还有麦太爱他。

麦兜成功后，仍记得自己幼年说过："其实，我没有哪儿想去，我只不过好喜欢现在这样子啊！"好在成功的麦兜也没有变，仍旧留有世界上最后的柔软。这只成也说教、败也说教的小猪，真的长大了。

作家与刻薄

某种程度上，作家因洞察人性的关系，成为“刻薄”的代名词。诸位作家间彼此揶揄、嘲讽时常可见。爱默生鄙视奥斯汀：“奥斯汀小姐的小说……在我看来似乎音调粗俗，艺术创新贫瘠，禁锢在英国社会种种可悲的习俗里，没有天赋、机智或对世界的认识。未见过这么逼仄的生活。这位作家心中唯一的问题……是可嫁性。”可怜的奥斯汀小姐，描写18世纪贵族女士的生活，被吐槽成只关心可嫁性。

不只有女作家被吐槽，男作家也相互挤对，福克纳说海明威：“人们不知道他使用过一个需要读者去查词典的字。”海明威老师引以为傲的简洁、有力的写法，被福克纳说成没文化，自然不满，他回应：“可怜的福克纳。他真的以为巨大的感情需要巨大的字？”

这些只是嘴仗，素以刻薄著称的毛姆真做过恶毒事。最近我读短篇小说集《第一人称单数》，它是毛姆在创作旺盛时期的作品。这时他的短篇已有固定写法，即书中“我”为作家，写身边的朋友发生的故事。这本书里有六个故事，毛姆嘲讽起自诩正派、端庄、有教养的人士毫不留情，比如他嘲笑以严肃文学为荣的人，说他们永远不读独立出版外的刊物，认为大众流行的书籍是糟粕却没有几个读者。那位写优美、隽永散文的女士，版税不够自己吃饭，却鄙视供养自己的丈夫。毛姆让丈夫与女厨子私奔，让这位女作家大出洋相。

这本书里只有一个故事超出了我对毛姆的印象。在《异国他乡》中，毛姆写了一位有志于成为钢琴家的富家少爷。全家人都指望他能从政，继任爵位，他却一意孤行到德国学琴。父母气得半死，但出于无奈，只能应允他赴德一年。学习期满后，家人会请专业钢琴家来检验他的学习成果。若年轻人真有成为钢琴家的天赋，家人绝不阻拦。年轻人高高兴兴去了德国。这家人请“我”去探望。“我”到了德国，看到这男孩非常快乐，每天练琴十二小时，像所有大学生一样贫穷、勤奋和高兴，但“我”担心他的将来，问男孩：“若你学不好，父母要求你从政，你怎么办呢？”

男孩说：“那我就自杀。”

“我”笑了笑，没把这种孩子气的话放在心上。一年过去了，检验的时刻到了，这富家少爷果然是个草包，与那些用艺术来逃避生活的年轻人毫无差别，专业钢琴家说他就算再练一百年也无法达到优秀的水准。这个年轻人异常失望，反对他的父母这时却心软了，让他再去德国继续学习。按照毛姆一贯爱嘲笑艺术青年的脾性，他肯定会写，男孩却不去德国了，主动留在家中，享受富贵，走上仕途。

但他没有——结尾是一声枪响，年轻人用子弹射入自己的心脏。这时我突然意识到，原来毛姆并不刻薄，他同情失败者，珍视痛苦，并不蔑视他人的努力。他嘲笑的不过是假惺惺，没有鞭挞过绝望和失败。

为此我翻出《人性的枷锁》，这本书算得上毛姆的半自传。书中青年菲利普是个跛足（毛姆本人口吃），学医时因受嘲笑备感愤怒，幻想用凿子凿穿调笑者的脑袋。后来有一次，菲利普违背某长辈的意愿，长辈也叫他跛子，他只是安静地走了。之后长辈道歉，他说了一句话，大意是，人们在生气的时候，总会叫我跛子。他能理解人们为什么生他的气，不再为此愤怒——这实在不像毛姆，他因口吃没能当上律师而积郁多年，也因上帝不回应他的祈祷而愤愤不平（没带走口吃），但他竟能让菲利普宽宥他人的冒犯，实在让人动容。

人们时常赞许刻薄，认定这是高明与幽默，其实刻薄本身并没有价值，要看刻薄的内容是什么，一味的刻薄与骂街无异。特别是毛姆，他并没有讽刺过敏感、深沉和真挚的心灵，只是嘲笑愚蠢、偏见和虚伪。那些备受伤害的人说他粗俗，毛姆也说了，那是因为生活本身就很粗俗。

卡佛先生，
你的电话号码是多少

我怀疑全美国所有不快乐的人都在深夜时给卡佛打过电话，不然他从哪里知道那么多悲惨的故事。他小说里的主角都是些倒霉鬼、失业者、傻瓜，在每个濒临崩溃的瞬间蓦然四望，思索人生怎么就走到了绝境。

美国作家雷蒙德·卡佛不像他笔下的人物，但这些人物都是他。他们有类似经历：早婚、早育、失业、酗酒、离婚。卡佛不到二十岁就有了两个孩子，而妻子只有十八岁。他曾评价婚姻，说喜欢孩子，但“如果让我再过一遍那样的日子，我宁可服毒”。在前半生，他和妻子因缺钱四处搬家。他打零工，当过餐馆侍者、送货员、保洁工人。即便作品发表后，他也险因酗酒丧命。最后他离婚、成名，在光明和恩典来临时被癌症杀死。

读卡佛只消读《我打电话的地方》，这是他的自选集，收录他最满意的三十七篇小说。其中最有名的是《当我们谈论爱情的时候我们在谈论什么》。这篇小说虽有名，但它不那么卡佛，里面的人物突然口齿伶俐地谈论起爱情来。要知道，卡佛的典型人物都不擅长表达，我最喜欢的是《你们为什么不跳个舞？》。

这篇小说中一对恋人走在路上，见有幢房子前摆满家具和家电：床、电视机、台灯、留声机。他们琢磨可能是户主出售二手货，于是上前挑选。屋子里没有人，家具和家电摆在门口，谁也不知道发生了什么。这对恋人很年轻、很穷，买不起想要的东西。女孩对男孩说："不管等会儿户主怎么开价，你都要砍掉十块钱。"他们在二手家具和家电里憧憬着将来。

户主是个中年男人，拎着酒瓶回来见到这对恋人。男孩询价，他随便报个数，床 50 块，电视机 25 块。男孩砍价，男人说行，什么都行。他要坐下来喝酒了，还邀请这对恋人同喝一杯。他们坐在那堆二手家具和家电里喝酒。这对恋人很开心，花很少的钱买到家具和家电。男人打开留声机放音乐，他突然问："你们为什么不跳个舞？"

于是在黄昏中的草坪上，女孩搂着男孩跳舞，又和这男人跳舞。小说快要结束，没再写男人，而是写女孩反复对人说："那家伙是个中年人。他所有的东西都堆在家门口。不骗你。我们喝多了，还跳了舞，在他家门口的车道上。"读者和女孩同样不知道男人为何出售家具和家电，是不是破产，又或是人生突遭变故？但女孩感到这个老家伙绝望极了。

有人评论卡佛是个冷酷的家伙，极力描写痛苦。在我看来并非如此，卡佛很温柔，偶尔只用一句话就能让绝望的人心头发热。

他不只是写贫穷、绝望，笔下的人也有过好日子。那些年轻的夫妇在能赚钱的日子里过得不错，只是稍不留意就倒了霉。那些已崩溃的人也留有希望，以为好日子可以重来。特别是卡佛笔下酗酒的男人，他们主动住进戒酒中心，期待戒掉酒就能挽回妻子，生活可以再度走上正轨。不管如何努力，人都有崩溃的时候，卡佛偏爱写这一时刻。

在《有益的小事》中，年轻的母亲为即将过生日的儿子订蛋糕，儿子却在生日当天被车撞倒，送入医院，昏迷不醒。父母守在病床前，丈夫抽空回家洗澡，接到电话问订的东西怎么不拿，他以为是骚扰电话便挂了。儿子仍没醒，夫妻守在医院几天，妻子回家洗澡时也接到电话，提醒不要忘记儿子的事。夫妻本已为儿子昏迷痛苦不已，又不断被电话骚扰，简直想杀了这个打电话的人。后来儿子死了，妻子突然想起蛋糕，电话肯定是面包师打来的。

他们冲到面包房想暴揍这个折磨他们的人。面包师听闻他们的遭遇后，拿出面包，说起了这些年没有孩子的滋味："日复一日，烤箱满了又空，空了又满，永无止境。派对食品，为他人庆典所做的。厚厚的糖浆。插进蛋糕的婚礼夫妇小人像。几百个，不对，到现在为止应该有上千个了。"这也是一个饱受折磨，对生活失去了热情的人，他粗暴地对待爽约的客人，却在这个清晨给失去孩子的夫妻煮咖啡，劝他们再吃几个刚出炉的肉桂面包。任何时候，面包都比花要好闻，喂饱自己很重要。

无以宣泄痛苦的父母坐在面包房里，尽可能地吃着，这一刻他们被抚慰，被拯救。善意竟然来自讨厌的面包师。这是卡佛温柔的地方，没有让人物彻底坠入黑暗。卡佛写痛苦不是因为他冷酷，而是因为人生本来就很冷酷，但总算还有些许温暖。他很难对痛苦视而不见，正是因为他是个温柔的人。

卡佛在五十岁时因肺癌去世。当时他已离婚、戒酒，小说大获成功。临终前，他跟当时的恋人谈论多么喜欢契诃夫，还写了最后一首诗，《晚到的断想》：

尽管这样
你得没得到
一生中想得到的？
我得到了
你要的又是什么？
称自己为爱人，和感到
被这个世界爱过。

如果有可能，我想绝望的人真的很想在深夜时给卡佛打个电话，低声倾诉自己的痛苦。可是卡佛先生，你的电话号码是多少呢？

好小猫

近来家里有猫生病，连日上医院，我们都不开心了。

前些天晚上抱柏林，摸到它尾巴上方，发现毛掉光了，秃掉的那块肉皮上布满红点，脱皮掉屑。第二天我带它去医院，医生说是毛囊炎，得剃毛泡药。家里另一只也要剃掉毛，会传染。我问医生为什么生病，她说或许是因为我用人的洗发水给它们洗澡。我非常羞愧，自己抠门，让猫遭罪，赶紧在医院买了宠物沐浴露。

看完病，医生说他们不能剃毛，因为猫太灵活，会挠人。于是我买了一把电推子，自己回家剃。柏林是只姜黄色的短毛猫，个性温驯，剃毛简单，按在地上推光即可。可小松是只黑白长毛狸猫，脾气暴烈，得请人按住。即便如此，它也四腿乱踢，拼了命挣扎。我剃得手忙脚乱，它突然嚎了一声，我让人按紧，下推子时却发现它肚皮上细细的乳头被剃破，流血了。

我突然蒙住，为什么要做这种事？还在它受伤时让人按得更紧。我有些受不了，不剃了。小松就变成了一只半秃的猫，一面长毛，一面没有毛。

说起来，我其实更偏爱柏林，它还未满两岁，却有十六斤，圆胖圆胖的，好脾气，给什么吃什么。它虽然更爱吃鸡肉罐头，但不挑食。小松则不同，它比较古怪，即便碗里有猫粮，它想吃肉就直立在我的椅旁边拍边叫，催我去开罐头。它只吃自己愿意吃的食物，挑食让它只有七斤，它比柏林还大一岁。

它特别固执，去年我搬家住进自己的新房子，家具是新添置的。可是小松却在沙发上尿尿，这让我崩溃。我刚有了新房子，生活也焕然一新，它却尿在我的新沙发上。沙发是布面的，里头是海绵，即便把布套拆下来洗，海绵里还是有股尿臊味。不管我怎么训它，它也要尿在沙发上。它也特别喜欢在皮椅上磨爪子，即便我为它买了几个猫抓板，它也仍要在皮椅上磨爪子。后来我放弃了，皮椅已被抓烂，沙发套常洗也有异味，管不了了。柏林不是这样，它睡在自己的窝里，抓猫抓板，在我抱它的时候，安静地待在我怀里，不会反抗。

柏林泡药水，只需把它按在桶里，摸摸头就能安静地待上十分钟，擦干后自己走出浴室。小松则麻烦得多，那天强按着它泡在药水桶里，出来时它狂呕，胃里的食物全部吐在地毯上。最后还吐出酸水，泛着细细的白泡沫，像是得了胃炎。或许是连日来出门看病让它紧张，它就生病了。

那天晚上，我收拾完秽物，坐在沙发上，小松竟然也跳上来坐在旁边。我看着它半秃的毛有些古怪，于是拿剪刀修理。它特别乖，一动不动趴在沙发上让我剪。我一手捏着毛，一手剪掉它们，小心翼翼。因为它的毛长而密，我拿不住深浅，于是我得特别慢，一点一点地剪。快剪到皮时，小松轻喵一声，我赶紧住手。不过还是有块皮被我剪秃了，但这次没有受伤。剪完毛，它趴在我身上，用头抵住我的胃，安安静静地趴在我身上。突然间，我觉得非常恐惧，它为什么如此反常地柔弱。我害怕它就要死掉了，像是在与我道别。

剪完毛的小松异常瘦小，一只手就能托住，皮是皮，骨头是骨头。它小时候就瘦，刚养它那会儿，它就不太听话，还挑食。有一次我拖地，把它关在阳台上，它跳上窗台直勾勾地望着我。我对它笑，说等会儿就放它进来，它就哭了。它调皮时特别烦人，那时我还没有做好养猫的准备，抓狂时就打它，偏执地想教育它在碗里喝水，不舔水龙头；尿在猫砂盆里而不是沙发上。后来我发现这没用，猫不像狗。它想怎么样就怎么样，如果你打它，它只会更生气，越发不按你的意思办。后来我就妥协了，它反而不调皮了。

我想是小松教会了我如何养猫，柏林跟我相处非常顺利，可小松幼时被我教训太多，脾气很古怪，也不太亲近我。柏林趴在我身上时，它只会远远看着。

小松跟着我搬了好几次家，每次搬家都特别痛苦。我让搬家车先走，自己抱着它坐出租车。可是刚出门，它就尿在我身上。它对出门异常恐惧，还未进电梯就发狂挣扎，不知道是不是害怕我把它扔掉。它也不喜欢猫箱，我买过箱子提过它。我相信猫有记忆，它记得以前每次装进箱子就是上医院打针，于是再也不肯钻进去。小松经常生病，我练就了徒手摸猫测体温的本事。它一发烧，我就抱着它上医院。医生、护士按住它打针，我就走开。它嚎得太痛苦，我不想听见。

但是我没有办法跟它解释，看病是必需的。这让我有点难过。

前天打完针天已经黑了，我抱着小松站在路边打车。出租车司机不喜欢宠物上车，于是我们俩上了“三蹦子”。小松躲在我怀里发抖，“三蹦子”突突开着。司机说下雪了，我往外看，路边的食肆支着灯，撑着帐篷，热气冒出来，落下小雪，在温黄的灯光中漫天散下。小松似乎感觉安全了，于是探出头来，看看司机，又看看车窗外，然后又把头埋入我的大衣。只是它不抖了，又开始好奇。我抱着它看着雪，回到了家里。

今年元宵节时，小松就要三岁了，它是元宵节晚上出生的。这三年里，我们住过几套房子，它好像没有对哪个住处特别喜爱，即便现在住在属于我们的家里，它也好像没有感觉。可是我有强烈的归属感，这是我的家，它是我的猫。世界上有那么多猫，只有它和柏林属于我。

这几年来，它们跟着我东搬西走，我决定了它们生活在哪里，它们也改变了我。是它们让我明白自己是个懒惰而冷漠的人，害怕亲密关系。它们住在我的房子里，但很少需要我，反而是我需要它们。我变得伤感，害怕它们离开我，也害怕我离开它们，一想到它们会死掉，我就会哭。今年我不再上班，整天待在家里。中午起床时，柏林就跳到床上。它们不会打扰我睡觉，只有在我醒来时才过来。我起床给自己做饭，也给它们换水添食。柏林总是围着我转来转去，而小松只是站在灶台上。不过我不再介意它不亲近我，因为它们都是我的好小猫。

走过的都是必经之路

回家过年那天，爸爸来机场接我，路上我睡了会儿，睁眼时好像到了镇上，我问爸爸是不是到家了，他说还远着呢。我透过车窗往外看，原来所有的小镇如此类似：一条宽阔的街道，两旁联排二层小楼。白瓷砖，窗上嵌蓝色的玻璃窗，看起来廉价又灰暗。可是我还是喜欢我的小镇，它位于湘西北，这些年来变化不大。家周围的几十户邻居都还在，我走在街上遇到他们还可以打声招呼。

这次提早回家是为了参加表哥的婚礼，却又赶上一场葬礼。去世的人是我姨夫，他才查出癌症不久，在长沙湘雅住院，正月十一去世。那天早上我还在睡觉，妈妈打来电话说赶去长沙，姨夫不行了。我跳起来洗漱，妈妈又来电话说："已经死了，回乡下吧。”

我们到乡下时，一大家族人已经忙起来了。妈妈家中五兄妹，姨妈为大，下面有四个弟妹。全家人安排葬礼，请厨子、道士，搭棚，摆灵堂。这时我姨妈正带着姨夫乘救护车走在回家的路上。这是有亲人的好处。在乡下，家族很重要，有难时，家人多便是安慰。我妈妈懊悔没能去长沙陪着姨妈，她认为姨妈从未出过远门，丈夫死在外面，肯定吓得六神无主。

乡下葬礼上的哭声很独特，咿咿呀呀，念念有词，我的儿呀我的肉，我的哥哥我的亲人。不同的亲人来后总要哭一番。即便不熟，也会礼貌性地哭几句。葬礼持续几日，亲人们喉咙沙哑。姨夫到家后，亲戚为他擦脸穿衣入殓。他的儿子，也就是我大表哥正从深圳赶回来。他晚上到家，姨妈冲上去死死地搂住儿子，两人抱头痛哭。

姨夫查出癌症，已是晚期，住院不足一个月就去世了，终年五十九岁，差一年退休。这对一位终生勤勤恳恳上班的人是最大的讽刺。姨夫年轻时入伍，在空军部队，退伍后分至家附近的水电站，直到检查出癌症前一天都在上班。单位同事、领导来吊唁，亲人代姨妈问抚恤金和社保。原来单位并未给姨夫缴纳社保，拿不到多少钱。最后单位给了一笔安葬费，不过两万元。这就是姨夫工作一生为家人留下的钱。至于工资，实在太少了，每月两千元，也全部补贴给大表哥在深圳买房。

检查出病后，姨夫本还在县城医院里治疗。他已枯瘦，变得木讷，还想再拖拖，不要花太多医疗费，直到听说同乡某人突然病死，才惊觉治疗的必要，要求转到大医院。结果才去几天就去世了。那天晚上娘俩痛哭，不仅是因为失去了共同的亲人，也是在哭治病没把所有的钱花完。对于他们并不殷实的家底来说，姨夫走得甚至很及时。贫穷多么可怕，它让人变得小心谨慎，连哀伤都要控制在某个数额内。

人是需要葬礼的，这个嘈杂的仪式在缓慢地告诉亲人们，他去世了。死亡就是一去不返，再也不能相见。

其实我并不太喜欢姨夫。在我九岁那年，妈妈想再要个孩子。有一天姨夫告诉大家，我并不喜欢妈妈再要孩子，担心他对我不好，但我并没有这么说过。那时我非常不解：为什么你要编造谎话？这是我第一次意识到人与人之间的嫌隙，不是所有大人都是和善的。大人总是低估孩子的敏感程度，当时我那么委屈，说不出任何反驳的话。

在姨夫去世前，腊月里我小表哥结婚，他是舅舅的儿子。一大家人又聚在一起，回忆起我们小时候一起玩的事：那时我们常在一起，每年暑假都在外婆家住一段时间，在乡下玩得很疯。抓青蛙摔死在地拿去钓龙虾，在烈日下怪叫着乱跑，去很远的亲戚家摘西瓜。姨夫是严厉的中国式父亲，他对大表哥只是管教，没有亲热。有一次暑假即将结束，我想要大表哥的公仔，一只绒布长颈鹿。大表哥舍不得，而我又偏要，我们都哭起来。当时姨夫狠狠打了大表哥耳光，我被吓住了，但仍然拿走了那只长颈鹿。

回家后，我把公仔扔在箱子里，没玩过。因为每次看到它就会感到不安。当时表哥也不过是大我几岁，还是个孩子。大表哥在深圳买房结婚后，姨妈去带孩子。姨夫每天打电话来，但很少和儿子说话。两个人不肯讲和，而他把所有的工资给了儿子还房贷。

小表哥的婚礼上来了很多亲戚，我和姨夫偎在火炉旁，这时他已很虚弱了，不说话，也不吃饭。有位亲戚来时，他抬起眼皮看了看，撇嘴说："找了几百个男人，没一个处过一年。"那位亲戚是女性，几十岁，没结婚，男朋友换了又换，今天带了个新的来。在姨夫的眼里，这样的女人是不入流的，即便是现在，他也表示鄙夷。我听到这句话时，觉得姨夫又回来了，就是那个尖酸刻薄、搬弄是非的人。

说完那句话，他竟然坐在椅子上睡过去了，头向上仰，嘴巴张开，皮肤白得接近透明。

几日后他去世了。

某个在身边出现几十年的人突然去世，嫌隙好像变得不重要。重要的不只是一个人死去，而是我生命中某个部分死去了。当亲人朋友去世时，你也会慢慢死去一点点。那些你们所共同拥有的经历就变成过去，而人绝不可能回到过去。

在这个葬礼上，我最大的恐惧是如果我的父母去世怎么办，每想到他们，我对死亡的愤恨便多了一些。父亲家有五兄弟，他最小。父亲的大哥与二哥相继去世，是在我奶奶去世后的几年里。爸爸花了不少钱为奶奶办了一场隆重的葬礼，在他两位哥哥去世时，他也陪在身边。他的母亲和哥哥的葬礼一场接一场，每场葬礼都意味着自己离死亡更近一步。

我不知道他做何感想，大人们看起来总是可以面对一切，生老病死，而我还无法接受。

姨夫的父母仍在世，都快九十岁了，爸爸身体不好，妈妈已老年痴呆。葬礼上，堂亲问大表哥，要不要让他们来看一看，大表哥担心他们受刺激。但堂亲说，这几日家人都出门来参加葬礼，只有二老在家，他们肯定知道了什么。尤其是姨夫的妈妈，她一直念叨，有个儿子过年没回家来看看，但又记不起是哪个儿子。

最后姨夫的大哥说："一生一世就看最后一眼，谁狠得下心不让他们看？"

葬礼最后一天，二老都来了。姨夫的父亲看完就走开了，坐在屋里，没有眼泪，也没有说话。反倒是老年痴呆的母亲，站在棺材旁时，突然从意识的洪荒中走了出来，哭喊着："我的儿子！"亲戚让她坐下，而她明白一切后大哭起来。旁人担心她过于激动，让她离开灵堂，她说："我还没有看清楚，我还要看。"

于是她站在棺材旁，探身看着自己的儿子，准确地叫出了他的名字。

小表哥的婚礼上，姨妈还说起等姨夫病好要做的事，比如搬去深圳和儿子一起住，比如退休可以拿退休金，但她好像也不确定。婚礼当日，她带着儿子和孙子回祖坟拜祭，他们在山上燃蜡点香磕头，求先人保护，让姨夫真能好起来。可是这没能实现，过完年，大表哥和儿子回深圳没几天，姨夫就去世了。

葬礼结束，我回了北京。亲人们都将回到各自的生活里，直到下一次葬礼或婚礼再把我们聚集起来。那天还是爸爸送我。我们沉默地路过一片又一片田野，经过一个又一个小镇。这次我没有睡着，看着无尽的山丘起伏、数不尽的树木，又想起重复的天气和零星的小雨。

它们如此类似，让我以为，这就是原来的地方。

旅行的意义

说起旅行，我是非常讨厌的。

一想到出门远行，无数的麻烦就让我厌恶。再说那些景致，有一次我在黔东南某个山寨里，那天我起了大早爬上山，可是其他游客也很勤奋，山路上全是人，扛着长短不一的相机捕捉美景。黔东南的苗人和侗人沿山建房，住在山里。我随人群上山，两边都是低矮的砖房，一点都不好看。

突然，有间房门口晒着辣椒和谷物，更可怕的是还有一双绣花鞋！

就是那种蓝布面上绣着花的布鞋。看得出来，这双鞋是手工缝制的，而且穿了很久。可就是这双鞋让人群躁动起来，长长短短的相机一拥而上，对其“扫射”。

我忍无可忍，转身逆行下山。庸俗！这就是他们追求的不同的民俗、不同的风情。这种庸俗随处可见，我发誓收拾好行李回家，再也不出来了。

可是我并没有这么做，而是去了更远的地方。现在回想起来，这段庸俗的旅行竟然是我人生中最奇妙的一次。

那天我退房，独自背包去了车站，随便买了一张去肇兴的车票。这是最后一张票，车上已无座位。我坐在司机旁边，用最开阔的视野看车在深山里穿行。车盘山而过，在每次转弯前司机会按喇叭确定弯后无车。这趟车走了十二小时，下车时我浑身酸痛，耳内轰鸣，只想找个地方睡觉。

车里下来一位老太太，她突然跟我说话，问去哪间旅馆。我并未定好，于是和她一道找旅馆。天已晚，寨里又没有灯光，我们穿行在漆黑的路上，老太太拖着巨大的行李箱，滑轮滑过石板路，清脆有声。

到了第二天，我才发现已甩不掉这个老太太了。

她一大早就来敲门，问我去哪儿。那时我刚醒，推开窗户看侗寨沉浸在巨大成团的乳白色薄霭中，楼下小河淙淙流水，正在想今天要做什么。我起床开门，和她一同出门。

旅馆内又来了两位游客，一位大叔和一位姑娘。我们四人竟然莫名其妙地结伴进了餐馆。他们高声说话，谈起侗地之美，我无聊地搓着筷子。他们自我介绍，大叔是新加坡人，一直渴望来中国；姑娘是位武警，休假旅行；老太太是上海人，退休后无聊，到处玩。

至于我，那时刚大学毕业，没钱，没工作，没有男朋友。我处在人生最尴尬的时期，无处可去，只能出门买张车票随意到达任何地方。

这时餐馆老板拎着一条活鱼出来，说："三斤六两，你们看行不行？"

我们都没说话，那位上海老太太从口袋里掏出携带式的电子秤。她称了一下，说："不到两斤五。"我们都呆住了，怎么会有电子秤这种东西……最后老板什么也没说，提着鱼进了厨房。

老太太巨大的旅行箱里分门别类地放着衣物、药品、零食、雨具、杂物和MP4。电子秤归为杂物，零食有藕粉、酸梅粉、话梅，每类都用防水的袋子包好。那晚来旅馆时我略微发烧，她立即打开层层包袋，掏出一颗药给我。第二天起床时，又泡了一碗酸梅汤来，说生病没胃口，喝了就好。每种物品使用后，她会立即在当地补齐。那天补了感冒药，但酸梅粉没买到，她心情很糟糕。

过了几天我们混熟了，她给我看MP4里的照片。大概是她这五六年来环游中国的留影。开始她还很丰腴，身边站着丈夫。越往后她越消瘦，独自站在镜头前。

她告诉我，她与先生约定退休后一道旅行，只是去年他去世了。女儿也三十岁了，是位古筝老师，正在和丈夫闹离婚。她不愿意跟女儿住在一块儿，还不如出门玩。来了黔东南后想直接去越南，可是又担心身体吃不消。

她又小心翼翼地把MP4包好，放入箱内，再锁上。我没有说话。

这几天我和老太太哪儿也没去，就在寨子里转悠。那时我坐立不安，哪儿也不想去，为所有事焦虑，不知道如何打发每分每秒，也不知道我应该站在世界上的哪个位置。我们四处乱走，在每间店铺里买吃的。那时我吃下了不计其数的糖果和奇怪的甜食，像是把所有的不确定塞进了胃里。倒是那位大叔和武警姐姐兴致勃勃，租了摩托车在寨子四周乱走，每天玩到半夜才回来。

二楼只住我们四人。或许是房内信号不好，大叔每晚站在走廊里讲电话。我们三人大概是关了灯，各自躺在床上，听着大叔给恋人描述旅程。我们也知道，他已经结婚，可和妻子感情不佳，分居却没离婚。他爱上了另外一个女人，也相处了很久，但不能结婚。他有时劝慰恋人，说这样子过下去也很好，不要再改变。

或许是他的恋人不答应，他每晚站在走廊里，说上两小时。

有一天我路过他的房间，门未关，人下楼了。床铺已经整理好了，洗过的衣服晾在铁窗上，钱包、钥匙和地图整齐地摆着，包挂在墙上，一副清简得随时要离去的样子。

我替他关上了门，不知道为什么，他的房间让人很难过。

往后几天，我感冒痊愈，决定和大叔到附近的堂安寨去。那儿离旅馆七公里，他建议徒步。世界上再也没有比徒步更无聊的事情了，我百般努力，还是走到一半就不想走了——从这里到那里，有什么意义呢？大叔一路鼓励我，我还是很暴躁地埋怨不该走路。

还好有侗族老乡赶着拉红薯的马车经过，我请他带我们一程。我们坐在马车上，咯噔咯噔地上堂安去。到了堂安，我坐在风雨楼里看当地人的生活，他们晒稻子、聊天、做饭，但我还是后悔到这里来，焦灼地催着大叔赶紧回去。正好有老乡开车顺路捎带，我望着窗外蜿蜒的山路，对这趟旅行的暴躁已至顶点，决定明天就回去。

前天武警姐姐晚上说想来跟我一起睡，她屋子太大，感到害怕。我看自己房内有两张床，便答应了。我们并排躺着听大叔讲电话时，她突然告诉我，其实她这次来约了人，但是那人没有来。我不知道什么时候自己变成了“树洞”。

或许是因为旅途中的陌生人早晚分散，便可以无所顾忌地倾诉。

她说她爱上了一个外地人，可家里好不容易把她塞进了武警队，她不能辞职，对方也是如此。两人只好天天泡在网上说话，说了一年。这次约好一起旅行，可是临行前那人反悔，说这样不可能继续。于是两人分了手。尽管如此，她还是出门了，把那些约定好的路线都走一遍。我听着听着就睡着了，不知道她有没有继续说下去。

那天晚上我们都早早回到了旅馆，我和老太太的房间外有条一米宽的走廊。不知道怎么回事，我们竟然都搬出了凳子。在走廊上，我们并排坐了下来，面朝黑暗。大叔买了啤酒，连老太太都拿上了一瓶。还有一塑料袋的花生，在我们中间传来传去。

我已经不记得那晚的月色，或许是满天星光，或许是远处传来侗族大歌，我只记得那晚很安静。我们这个奇怪的组合：失去伴侣的老太太、失恋的武警姑娘、不幸福的大叔和一个暴躁的女孩。

我们喝着啤酒，吃着花生，谁都没有说话。我们就这样沉默着，如同世界也对我们沉默着。

第二天我就走了，他们都在睡觉，没说再见。

说来也奇怪，往后我也独自旅行，但再也没有遇到过任何可以坐下来同桌吃饭的陌生人。或许是因为我不再住旅馆而住酒店，或许是我没有再去任何偏远的山区……有很多个或许，但是我确实再也没有过这样奇妙的旅行。

那个晚上，我们知道明天即将分别。走廊上夜露下沉，有凉风。我想我们都在那晚的沉默中得到了安慰。

世界上最坏的小猫

很多人都知道我养猫，也爱猫，但是这几天，我把苏松子狠狠揍了几顿。

说起来，小松是我的第一只猫，我和它相处，从一开始就不顺。是的，它个性偏执，刚来那会儿坚持要睡到床上，不让它上来，它就伸出那么细的爪子钩住床单，一步一步爬，再找个角落蜷起来，整晚叫唤。那时它才两个月大，固执的个性还未展现，我被奶猫软萌的外表所骗，任由它占据了家中的任何角落。几个月大的时候，松子还是喜欢跟我玩的，我给它买了很多玩具，几只都叫皮皮的布老鼠、会发光的橡皮球、带羽毛的逗猫棒，各式各样。它那时兴致勃勃，能追着我丢出的球来回跑。当然，它不是狗，不会把球衔回来，我也跟着来回跑，从这边丢到那边。我以为在温和快乐的氛围里成长起来的猫，会亲人活泼，后来发现自己错得厉害。

第一次真正察觉到它强硬，是在包子来后。包子是我在炒豆胡同捡的流浪猫，带回家前去医院检查，发现它有慢性鼻支，这病传染又腌臜，我把它隔离在阳台上三个月，每天喂食、打扫、消毒、换药，它终于好了。放包子进来那天，小松就绝食了，大概是包子流浪惯了，进门就在猫砂盆里不客气地尿了一泡。小松可能略有些蒙，但很快调整了策略，也不打架，直接靠在墙上绝食了。第一天我觉得还挺好玩，听说新猫进门，主人一定要表现得更喜欢旧猫些，这样它才不会吃醋，顺利接受外来者。

到了第二天、第三天，小松还是什么都不吃，仍然靠在墙上，呆呆睁着眼。我有些着急，觉得不对劲，直接抱着它去医院，医生给它输了液，说是肠胃炎，可能是被新猫气的。回到家，我又把包子赶回了阳台上，小松这才开始喝点水。它年纪比包子小，又是我一手养大的，两者间我做出了选择，在网上为包子找了个很好的领养人。加了对方微信，时不时要点照片来看。新主人说，包子是他见过的最乖又有心计的猫，能吃能喝，喜欢跟人在一块儿，睡觉打呼噜，欺负原来的猫，不过他太喜欢它了，就把原来的猫送回老家养。再后来，包子因为急病，主人为它选择了安乐死。打最后一针前，他告诉我后，我坐了很久，想起捡它回来那段时间的事。

鼻支是个麻烦的病，会传染又容易复发。得病时，包子会不停地打喷嚏，一天可能要打上百个，非常难受，把绿色的鼻涕喷得满墙都是。在这种状态下，它很难进食，我买了营养膏，每天挤好长一段抹在它嘴边。包子很努力很努力地吃完。我再把墙上的鼻涕擦干净，喷上消毒水。离开阳台进入房间前，我要把自己的手再次消毒。即便这样困难，包子也很努力地活着。它快好的时候，有一天我觉得它太脏了，趁着太阳好，给它洗了个澡，然后拉紧纱窗，把它放在空调外机上晒晒。等我再看的时候，纱窗破了，它头上全是灰，洗白的脑袋又脏了——包子用头顶开了纱窗，回到阳台上。那刻我真的觉得感动呀！它是那么努力地想要跟我们更近一点。送它走的那天晚上，新主人来接，带着猫包，我给它装了碗、吃惯的猫粮、未吃完的营养膏、睡觉的小毯子，又啰里巴唆地说了一堆，最后还是把它送走了。回想起来，还是会有些不舍，倒不是埋怨小松，而是觉得，或许缘分如此，我只能跟小松在一起吧。

一岁后，小松逐渐展露出成熟的个性，倔强、沉默、坚持，如果它想吃零食，就会站在椅子旁，一直叫一直叫，叫到我受不了给它零食为止。大部分时候，我都顺着它；在心烦或有稿子没写好的时候，我也会冲它大吼大叫，想要自我，或者拿着衣架子追着它跑来跑去，让它快滚。四年前，我幼稚，不够有耐心，小松是我的第一只猫，为此吃了些苦头。这多少让我觉得愧疚，它从不黏我，不会主动求抚摸，偶尔家中来了客人，它会到客人身上坐很久，偎在别人怀里，很安静的样子，这让我稍微有些失落。

后来我变得温和了许多，那是柏林来家后的事了。

我总觉得小松的性格缺陷是因为我造成的，再也不对它很凶，绝不追赶或佯装打它。

可是这几天，我忍不住动手了，因为它长期在沙发上尿尿。我试过很多办法：换不同的猫砂，在沙发上喷某种气味的香氛，把晒干的橘子皮放在沙发垫旁，用抱枕把沙发完全盖起来……这些都没用，它仍然以两天一泡的速度尿在我的新沙发上，直到我已经想把这个沙发扔了。就在我快绝望的时候，有个朋友告诉我，小松这么干，是因为它认为在家里，它是老大，是头猫，而我只是个两脚的、会走动的喂食、铲屎的大型动物（次等猫）。这种自我认知让小松做出了一系列不遵守规则的行为：乱尿，坚持要吃某种指定的食物，打人。我朋友强调，“养不教，主人过”——我下定决心，决定打它六顿，如果这期间有所好转，就能重新建立家庭地位排序，也会解决撒尿的困扰。

打到第三顿的时候，我就崩溃了。

之前它总是当着我的面，大摇大摆尿在沙发上，我也不阻止，或阻止不了，拿纸擦干净，换新的沙发套。前几天，它又尿的时候，我冲上去按住它，把它的头按在尿尿的那块，说：“你看，你都干了什么？我每天洗沙发很开心吗？”它明显不懂我的这种行为是为什么，激烈地反抗，我死死按住它的脚，打了它的头几次。所谓打猫，也有讲究，应该打头和屁股这两个有骨头的部位，避开腹腰，这里有内脏，容易出事。出手的轻重应该在让它感觉很难受，又不会真的伤到身体，就像猫妈妈也会轻拍小猫的头纠正它的行为一样。那天小松反抗得很激烈，一直用后脚蹬我的手臂，给我划出了几道血痕，我还是狠狠地拍了它。第二次和第三次就容易多了。它知道我会为此生气，有了挨揍的心理准备，尿的时候很隐蔽，但还是被我发现了，把它揪到沙发上，又揍了两顿。被揍后，它躲在桌子底下，眯着双眼，像是要哭。反倒是我，真的哭了：打它很难受呀！它是不会说话的畜生，是只小动物，我怎么可以如此强硬地对它，让它学会我的规则？不过我做好了心理准备，打六顿后就准备不管了，它爱尿就尿吧，爱当老大就当老大吧。我换个可以时常更换坐垫的沙发好了。但是，好像打它真的有用，小松似乎不再那么急迫地催我要零食，当然也可能是它觉得我傻，懒得理我吧。

我和小松相处得不顺，让我后来和柏林相处得很好。说起来也是个意外，那一两年里，我捡过几只猫，短暂收留在家后，都交给了新主人，只有柏林，它奇怪地能和小松相处，于是我就把它留了下来。柏林是只好脾气的猫，一路发胖到了十八斤。每晚睡觉前，我们有固定的游戏：它趴在我胸口上，头顶着我的下巴，让我给它挠头。每晚要这么玩一会儿，它才会让我睡觉。其余的时候，柏林都很乖的，不挑食，不说话，温和地陪着我写稿子，等我睡醒了才开始找我玩。我很喜欢柏林，这只姜黄色的小猫满足了我对猫的所有期待。但小松不是这样，它既不屑于满足我的期待，也不需要我。

有一天，我跟人抱怨小松，他说："你怎么不把它扔掉呢？那么多很乖的流浪猫，你再捡一只回来不就行了？"我大吃一惊，这是我头脑中从未冒出过的想法，为什么不把它扔掉呢？——最简单的解释就是我爱它呀！这只不合作、不可爱、不喜欢我的小猫，我可是很爱它。因为它，我才学会了尊重猫的意愿，适应了猫的规则，要把它扔了，那我会死掉的。

说起来，小松的妈妈是被扔掉的。它的妈妈是只流浪猫，偶尔出现在一户人家里，怀孕的时候住了几个月，后来又半家养、半流浪了一两年。它心情好的时候，回饲主家吃东西，接着可能好几天不出现，也是那副死脾气，来去自由。后来饲主搬家，带着它去了新房子。它受不了，还是想往外跑。饲主找了个别墅小区，把它放生了。那小区里有个十万平方米的大湖，里面养着很多黑天鹅，住在别墅里的人都很喜欢喂猫。饲主觉得它会过得不错。这些我都是后来才知道的。机缘巧合，我带着小松搬到了这个别墅区的隔壁社区，跟饲主成了邻居。

我感念小松可怜，去那个别墅小区找过几次。那是冬天的时候，湖面上似乎结了冰，天鹅都躲在一湾水汪里，原本植物遍地的别墅区一片凋敝，很灰暗的样子。那小区太大了，我找不到它的妈妈。

跟小松同窝出生的猫，我也去看过，它的哥哥和妹妹，在北锣鼓巷一间猫主题的咖啡馆打工。那地方我去过，很多看起来软而甜的妹子捧起猫咪的脸，一顿猛摸；或者把睡着的猫从窝里拖出来。那里有十多只猫，小猫看起来惊恐极了；大猫都很冷漠，习惯了人群和搂抱，一副讨口饭吃不容易的样子。小松的哥哥是只黑白相间的猫，眼睛那块是深色的，像画了眼线，我们管它叫武媚娘。妹妹是只小黑猫，很乖的样子。只有小松不太相同，它是只黑白色的长毛猫，虎斑花色，非常英俊。我很讨厌那间咖啡馆，它们兄妹看起来闷闷不乐，我心里致歉，不好意思啊，点儿背，我救不了你们。

这几年里，小松的妈妈失踪，它又与兄弟姐妹失去了联系，它在这个世界上就只有我了。我怎么会把它扔掉呢？不会的。我会再打它三顿，然后，我们会一直在一起，就算它是这个世界上最坏的小猫，而我也不是个合格的主人呀，但是我只是想和小松、柏林永远在一起。

故园风雪后

如果按照小镇的人生路径，男人应该在二十多岁找一份工作，女人应该在二十多岁时找一个丈夫，他们会结婚生子，然后男人赚钱，女人带孩子。这是小镇的人生范本，和世界上大多数人的生活方式类似。由于这种生活太过庸常，我以为每个人都可以拥有这种生活，可是我的外甥女向心雨已以不同的方式脱离路径，这个小小的偏差修正了我的观点，人生从来不是轻而易举就可以得到的。

我必须回到三十年前来讲这个故事。那时我还未出生。

我的父母初到一个位于湘西北的小镇。按照当时的标准来看，新安是个大城市，它的两条主要街道在镇中心交会，所有建筑沿着公路散开。这座小镇拥有数家工厂：纺织厂、塑料厂、水泥厂、编织厂，每家工厂有上千名职工，自带幼儿园、食堂和篮球场。这些人共用一个菜市场、小学、中学和舞厅。舞厅位于天鹅大楼顶层，属于二轻公司，除了一间宽敞的舞厅，门外甚至还有露天舞场，中心是个喷泉，半人高的水泥围墙上曾经挂满了彩灯。

天鹅大楼正对面，是苏召月的家。在新安镇，苏是大姓，本地人姓苏的很多。他是二轻公司的职员，这曾经是一份体面的职业。他的老婆覃三姐在家门口开了一爿杂货店。覃家人似乎是这片土地的拥有者，在这里住了很多年，覃三姐和她的兄弟姐妹在这片地上盖起了四五幢房子。苏家也有四五个兄弟姐妹。这两家人散布在镇上不同的地方，大多数都是小生意人，沿着街卖水果、卖油饼、开五金铺、开 ×× 店。他们的铺子都临街，小时候，我放学回家，总有眼睛盯着我，而我也总能沿路吃到免费的食物，在没有带钱的时候，能赊到洗发水、袜子和酱油。

但我和苏、覃两家没有任何血缘关系。

当时我父母正在镇上的草编厂上班，我爸爸是副厂长，妈妈是车间女工，沿着苏召月家数，第八幢就是我们家的房子。妈妈经常去苏家的杂货铺买东西，爸爸老去打牌，两家人渐渐熟识起来。我的父母并未在工厂待多久，爸爸因为出差坐飞机被人举报贪污收到法院传票。他撕掉了传票，然后拍拍屁股说要成为个体户，再开一家草编厂。我爸爸头脑聪明，摸清设备、原料和销售渠道，做好了创业的准备——他面临的两大问题是，没有本钱和没有厂房。

覃三姐帮了他。她借给了我爸爸一笔钱，并把她家的堂屋腾出来，让几台设备轰隆隆地开工了。没过两年，工厂的利润已能让爸爸修建厂棚，把工厂搬出了苏家。由于这份情谊，两家人变得来往密切。我的童年似乎都泡在那爿杂货店里，还不到六岁的时候，就能跑进长长的柜台后卖香烟、瓜子、芝麻糖，不记错价格。

有一次，我跑进天鹅大楼，闯入了四楼的舞厅，杂乱的大厅里，四处倒着破烂的椅子，帷幕上落满灰尘，露天的喷泉里积满雨水，长着深绿的水草。那时我不知道，这里曾是小镇的精神中心。苏小和曾是这里的贝斯手，他告诉我，1988 年，这舞厅曾辉煌一时，每晚都是一百多号人，一张门票一元钱，街头的混混买不起票，会和守门人打起来，拖着砍刀在楼梯间追赶，而乐队仍在奏乐，人们跳着舞，身体挨得很近，喷泉边坐满了谈恋爱搞暧昧的男女。

那时流行留长发、烫头，穿大喇叭牛仔裤配皮鞋，这些都在我父母的照片里留了下来。有一次，我问爸爸："为什么你都可以烫头发，而我不可以？"他说："那时候人人都烫头发。"

苏小和还记得当时流行的是邓丽君、周华健、王杰和谢莉斯，甚至还有人扛着录放机走在街上边走边放，人人都能哼唱靡靡之音，那似乎是小镇精神生活最后的奔腾时光。进入 90 年代后，舞厅迅速冷场——"下海""万元户""南下打工"，这些新鲜词汇出现在小镇人的生活里。苏小和也迅速离开这里，后来成为诗人，在《南方周末》写经济学专栏。回想起那段生活，他说："那时街上很多妇女都挺好看的，正点。"

20 世纪 90 年代初，苏家拆掉旧屋，在原地盖起了四层新房，一楼是杂货铺，二楼和三楼的大套间做儿子和女儿房间，两层还有八个房间，用于出租，四楼存货与旧物。那年头，小镇很少有外来人口，似乎只有怪人才会租房住，一个常年躲在房间听收音机的老头儿，不知道来路的外人停留了几个晚上就会离开。那些房间大多数时候都空着，很少会有住宿的客人，苏召月和覃三姐就住在一间出租房里。

湘西北人习惯于称呼爸爸兄弟的妻子为妈妈，爸爸管苏召月叫苏大哥，于是我就管覃三姐叫三妈。

似乎没住几年新房，三妈就因得了白血病去世了。那段时间，她总说不舒服，腿肿得很粗，绿色的血管全暴起来了。她刚进医院那天，我妈妈陪着她，她躺下后，说："你看，门背后有两个人，我爸妈都来了。"我妈扭头一看，没人。三妈的父母早已去世多年。楚地多巫，我妈妈赶紧回家烧了纸钱给三妈的父母，希望他们不要接走她。

入院第七天，三妈就去世了。

临终前，三妈拉着我爸的手说："你帮我看着我们家两个孩子。"她的孩子就是苏平和苏娟——我的哥哥和姐姐，苏娟结婚后生了个女儿，叫向心雨，是我的外甥女。

我非常清楚地记得，苏家到我家只隔了六幢房子。因为在父母吵架的无数个夜晚，我跑到苏家门口敲门，喊三妈到我家平息恶战，所以我永远记得那段路有多长，在黑暗里朝三妈家跑过去，一步两步，只要一百步就可以跑到她家门口，灯总会亮起。随着我长大，迈开的步子越来越少，那段奔跑停止在1997年，三妈离世，我再也没有可以奔向的人。这似乎也是我们两家关系疏远的开始，后来苏召月续弦，娶的女人不常住在镇上，我很少再去他家，那爿杂货店也没有再开，租给一家人开餐馆。

没过多久，父母将我送到市里上寄宿中学，我离开了小镇，新世纪即将开始，一切都变得不同了。

曾经轰隆了数十年的工厂停歇了，火车提速，小镇的火车站被废弃，人们被迫要去临县的大车站才能搭火车。商业繁华起来，有人开起了镇上的第一家超市，开放的货架取代了柜台。人们似乎从体制化的生活里苏醒，有人离开了工厂做起小生意，而苏、覃两家开着店铺的亲戚更快地看到了发财的机会，临街的铺面迅速升值，有头脑的人扩建店铺，投资更多生意。有的亲戚在这轮商业发展和地产增值里成了百万富翁，甚至千万富翁。

我似乎有些迟钝，每年回家都觉得小镇没什么不同，但它确实在悄然变化，新的建筑在旧的建筑上建起，但也只是翻修而已。不管时代如何变化，人们盖了气派的新楼，但小镇从没真正变化过，这里仍然只有一所小学、一所中学，孩子需要离开这里，才能上高中。

苏召月家似乎运气不佳，因为地段不好，曾经气派的四层楼房已不值得羡慕，而苏平一直在水电厂上班，老婆与亲戚搭伙，还是在街头的铺面里卖水果，能赚到一些钱。苏娟结婚后，在娘家住了一段时间后，随着丈夫去了临县。丈夫向龙华是盐业公司的职员，他们结婚时，这还是一份不错的工作。进入新世纪，铁饭碗不再值钱，他也只能养家糊口而已，人变得不再有活力，每天都爱喝几口小酒。我每次回家，从车站出来，第一眼就能看到水果铺，仍然可以吃到免费的水果。

真正有变化的是，人们正在离开小镇，苏、覃两家的孩子们长大了，在外地工作安家，老人们跟着孩子搬到了外地去住，有的在广东，有的在贵州，而我，大学毕业后，因为工作而留在北京。

1997 年已过去了十八个年头。这些年里，我有三年没有回家过年，还有十五年，每到过年，我都会带着香烛去三妈坟上磕头。她埋得不远，就在家附近的一片坟园里，那是覃家祖坟所在，满园都是亲人。过年要上坟两次，年三十送亮，香烛照亮坟头，让逝去的亲人度过除夕；大年初一，为死者燃放鞭炮，共同迎接新年。

只有今年不同，我去的时间略早了一些，又没给三妈拜年就匆匆走了。

2016 年 1 月 19 日，我正在望京的办公室里为 KPI（关键业绩指标）焦头烂额，接到妈妈电话，她绕了几句后说：“告诉你一件事，你要放宽心。”我以为她和爸爸又吵架了，她却说：“向心雨死了，在长沙。”我问：“什么？”

她又说了一遍，我又问了一遍。

我全然忘记了她在那通电话里还说了什么。心雨即将大学毕业，正在实习。去年冬天，我在家过年，苏娟来我家拜年，说心雨毕业要找工作，想做记者，问我能不能帮她找找。我说没问题呀，她在长沙上大学，我恰好认识当地的媒体，先去实习，有了经验找份工作不难。她笑着说把孩子交给我，我说好的。苏娟在我家拿了一件外套才走，那是我们儿时的习惯，交换彼此的衣服，这样就像有了更多的衣服。

事情比我们想象中更严重，心雨因煤气中毒去世，与她同住的三个人同时去世。房子里的四个孩子，三个是女生，同是常德津市人，只有鲁丹和心雨是常住者，那个男孩是鲁丹的男友，来长沙探望她，打算第二天就走，还有一个女孩是心雨的高中同学，在河北上大学，放假后，她路过长沙等心雨。心雨正在长沙《晨报周刊》实习，很快就要放假了，她们打算一起回家过年。

似乎是 1 月 16 日，心雨的同事看到她在微信群里说了几句话后，就再没有收到她的消息。四个等着回家过年的孩子就在那天晚上，因为煤气泄漏去世了。心雨和女同学似乎走得很安详，而鲁丹挣扎着爬到了客厅，不知道是不是想要打开卫生间的门，把正在洗澡的男友放出来。

之所以用似乎，是因为到最后，我们也没能弄清楚他们确切的死亡时间。1 月 18 日，心雨的同学找了她两天未果后，打了她妈妈的电话。苏娟也是两天前给女儿打过电话，发微信也没见回。同学不放心，傍晚时直接去了心雨住的地方。敲门未果后，她找人撬开了门。

苏娟得知消息后，迅速通知了另外两个女孩的父母，他们带着家人连夜赶往长沙。另外一个男孩的父母，已在长沙找了两天，找不到儿子的下落，最后才被联系上。津市居委会的人得到消息，陪着孩子父母一同到了长沙。

那个晚上到白天，一通接着一通噩耗电话，它们就像是发生在苏、覃、向三家的亲戚和我心中的核爆炸，炸得我们头脑嗡鸣。苏平比我早一天得知消息，他告诉我，那天晚上挂掉电话，他只记得似乎一路在打车，打车去车站，上高铁，到了长沙打车去姐姐身边。我也是，接到电话后迅速买了机票回长沙。

18 日深夜，居委会的人将遇害者父母带到长沙市雨花区市政府，有人将他们安置在市政府旁的一间酒店。父母要求见孩子，但一个警察出来说，这是意外事故，因办案需要，暂时不能见遗体。他们找不到负责人，只被通知等候。这时男孩的父母也找过来，四家父母和亲戚们全部聚集在酒店。直到 19 日上午，他们才被通知去殡仪馆见孩子。事情迅速朝奇怪的方向发展，被告知是意外事故，却没有调查报告，不能告知准确的死亡时间和原因，也没有人告诉他们什么时候才可以把孩子带走。他们似乎一直在等，却找不到任何人可以给出答案。

19 日晚上，等待太久的四家人决定到雨花区市政府门口讨个公道，等待他们的是守在门口的上百名警察——不知道是谁先哭了，又推搡起来，警察抓住了伏地大哭的苏娟，亲戚们上前扯开他们，苏平和向家的兄弟们冲到大门口，试图翻过政府大门，又被警察迅速打下来。混战发生了，手持电棍的警察和十几个激愤的亲戚打了起来。混乱中，苏平的老婆被扇了数个耳光，被扯着头发挨了电棍，苏平和向家的亲戚被打倒在地，带入了警车。

等我从机场赶到雨花区政府门口，苏平和五个亲戚被抓入警察局。我站在黑暗的街道上，看着散落一地的物品和守住政府大门的上百名警察。大门不远处，就是我的亲戚们，他们还站在这儿，有的是身家千万的老板，有的是在广东带外孙的家庭主妇，有的是开米粉店的小店主，还有我，一名记者。我们全都站在这黑暗的街道上，觉察到了某种巨大的情绪——我们这些不同年龄、身份、职业的人，因为血缘关系站在这里，突然就变成了暴民。

那天晚上我们回到酒店，我见到了苏娟，我以为我会大哭，但有太多事要解决，根本没时间用于流泪。混战结束后，人们在酒店等到后半夜，官员第一次露面，一位王姓区委书记和警察来了。人在官位时，总是只介绍他们的姓，我根本不知道他们叫什么名字。有人念着报告，因管道煤气泄漏造成死亡，涉事方新奥燃气曾在 2014 年告知承租人存在隐患……在一堆官腔后，政府表示，出于人道主义，愿意赔偿几万块钱。念完报告，亲戚们七嘴八舌，官员不耐烦地退出会议室。

亲戚们怀疑报告的真实性，要求更详细地检测，特别是具体的死亡时间，他们总得知道孩子是什么时候去世的。而有一位亲戚则大声说了出来："现在人死了，还调查什么？直接要钱。"这是所有人心中的声音，由他第一次说了出来。

几小时后，父母们要求重新与官员谈判。凭着生存智慧，他们就知道意外事故和安全事故的区别。三人以上死亡属于重大安全事故，这不是意外，人道主义赔偿是在骗鬼呢。

几小时后，官员们终于愿意再次露面谈判，一个公务员模样的年轻男人走了上来，对着我们大喊："其余人出去，每家只留父母。"不知道是什么惹怒了我，或许是冗长的官腔，或许是他把我们当成访民的蔑视，或者是那种冷酷的吆喝语气，我从椅子上跳起来冲过去，揪着他的衣领，问："你叫什么名字？你代表谁说话……"他说："你们人太多了，我们领导没法跟你们谈。"我揪紧他的衣领，不断地重复："你叫什么名字？"我在他眼中看到了恐惧和不解，亲戚们迅速上前架开了我，劝我："你打人没用的，不要再被抓进去了。"

这似乎是我在这件事里唯一帮到了苏娟的地方，领导们终于愿意在有亲戚陪同的情况下谈判。漫长的会议又开始了，官腔让人烦闷，亲戚们似乎试图理解这些难懂的话。有一个官员说："你们这些事我见多了，我一年要处理两百多起死人事故。"我站起来说："你不要这样说话，我们只有一个孩子。"去世的四个孩子全是独生子女，他们的父母都过了生育年龄，后半生失独。

我失去耐心，也意识到自己的个性对谈判没有帮助，于是退出会议室，在附近找了一家酒店睡觉。后来他们告诉我，谈判期间，官员们力图施压，将冲击政府大门的亲戚们定罪，让父母接受和解。而父母唯一的筹码是再次走到市政府门口——这次无论如何都不要动手，只是静坐。20日下午，双方接受和解，每户赔偿四十万元，释放被捕的六位亲戚。

他们谈判时，我去了一趟殡仪馆。心雨就躺在大厅中央，玻璃盒子罩住了她。一群同学围着她，喊着心雨的名字，让她醒过来。我慢慢走过去，看到了她。心雨跟平时的样子区别不大。她实习的时候，我和苏娟偶尔打电话，总是担心她太胖，以后找不到男朋友。现在她躺在这里，还是有点胖，还是那个会在朋友圈帮人卖面膜、卖红枣的小姑娘。不久前，她刚买了 iPhone，发微信告诉我，她很郁闷，屏幕摔碎了，换屏要很多钱，怕爸爸骂她。我笑着说，不要紧的，屏幕很容易碎，手机都买了，再花点钱换吧。

后来我才知道，她是有男朋友的，虽然她没有告诉我们，但我为她高兴，因为人生的欢愉，我希望她体验过，而不是在最好的年纪刚开始时一切就结束了。

在殡仪馆见到心雨，对我来说，这件事里最难的部分，已经过去了，最难的是接受它成为事实——人是需要道别的，而我已经跟她道过别了。

等我回到酒店，他们告诉了我结果，我惊诧于为何责任方新奥燃气从未露面事情就结束了。我觉得赔偿金额过少，建议苏娟再找律师，她说："孩子已经走了，我再多要钱有什么意思？我只想把她带回家。"小镇里的人有种天生的街头智慧，他们能迅速绕过法律和常理来判断对错、衡量得失，不放过最重要的东西。

最终她还是没能把心雨带回家，四具遗体在殡仪馆火化，苏召月没能见到外孙女最后一面。他年纪大了，家人瞒着他来了长沙，不敢把消息告诉他，后来他还是知道了。回家那天很冷，天气预报说湖南第二天要下雪，我们担心道路结冰，连夜回家。我开车载着爸爸和亲戚回到小镇，熟悉的两条街道，只是那间水果店关了门。

回家的第二天早上，雪没有落下来。我和妈妈去了坟地。湖南的风俗是，只有夫妻两人都去世后，女人才可以立碑，因此三妈坟上是没有墓碑的，我妈甚至弄混了位置，只有我能清楚地记得她埋在哪里。我走到坟前，跪下磕了三个头，心里轻轻地说了一句："对不起啊，没能照顾好你的孩子。"

不等一切处理完，也没有再看苏娟，我就直接回了北京。

几天以后，湖南下了一场大雪，好多年都没有下过这样大的雪了，妈妈拍了些照片发给我，说："上次下这么大雪的时候，三妈还在世呢。"我看着那些被雪压弯的树枝、变白的屋顶、泥泞的公路，说："是啊，又下雪了。"

我想起了在长沙时的一件无关紧要的小事。那天我离开会议室，找了家酒店睡觉。那是酒店最后的房间，没有窗户。我胡乱睡了一会儿，被电话吵醒，一个记者打来电话采访。

她问我："你是遇害者家属吗？"

我说："是。"

她问："那遇害者叫什么名字？"

我说："向心雨。"

她问："她是哪一年出生的？"

我想了一会儿，说："不知道。"

她问："那她是什么学校的？"

我又想了一会儿，说："不知道。"

她问："那她住在什么小区？合住的人叫什么？"

我认真想了想，我都不知道。人是不会按照清晰的数字和地址来记住自己的家人的。

记者觉察到了我不适合接受采访，挂断了电话。

我坐在床上，把苏娟的电话号码发送给记者，又把其他孩子的父母的电话发过去。我环顾房间，因为没窗，不知道此刻是什么时间，感觉一切都很茫然且不真实。手机显示时间是上午 9 点，我睡了一小时。那时我突然想起来，心雨是八月十五出生的，中秋节。我回拨了记者的电话，想把这个信息告诉她。

我全想起来了，那年八月十五，苏娟在三楼房内，她躺在床上，三妈、我妈和接生婆围在床前。因为时间很长，我觉得有些无聊，跑到阳台上。我清晰地记得，我看到了巨大的月亮出现在夜空上——似乎只有月亮，皎洁的、饱满的、圆形的月亮。它如此近地出现在我眼前，光辉铺洒了小镇，眼前的屋顶和道路浮现出清晰的轮廓，恍如被明灯照耀，就像一切都还有希望，就像伤害没有发生过。

记者的电话一直占线，我握着忙音的电话，终于号啕大哭起来。我哭得太大声了，我想起来了——是的，是八月十五，月亮，我 × 你啊！

给北京的一封信

我来过两次北京，第一次走的时候是几年前，那时还有些伤感，说这不是道别，因为我们还没有相见。那时我刚大学毕业，来北京找工作，待了几个月。起先是租房，后来没钱了，搬去和朋友合租，最后工作不顺，又不肯做别的，只能回家了。第二次来，就没离开了，但不舍的心全没了，只留厌恶。

第一次是 2009 年，我住在四惠东地铁站边的小区，每天睡到中午起床，去高碑店市场买菜。从租的房子出去，要穿过一条铁路才能到市场，我就爬上坡，望着铁路铺向远方，总是担心有火车过来，就着急地穿过去。北京的菜市场是很干净的，没有活禽就不臭，蔬菜摊摆得整整齐齐，颜色饱满，红的绿的一片片。不知道为什么，那时我总吃茭白，或许是做起来方便吧，用水洗洗，切片就能炒肉。北方肉贩也好，可以帮忙切成一片片，回家用温水冲一下，就可以下锅。后来我想起这段茫然不知前路的日子，总是想到茭白炒肉，味道很淡，除了盐，就想不起其他了。

我还是讨厌北京的，特别是这里的早饭，吃碗豆腐脑放盐就算了，竟然还要浇酱汁，那深棕色、黏糊糊的东西，看起来就可怕，至于焦圈豆汁这些恶名远扬的玩意儿，就不用提了。除了吃，几乎什么都让我讨厌。每次打车，都得提前问司机，×× 地方，您去吗？如果你不问，上车后被赶下来的概率太大了，就算有幸上了车，你也得理解司机的情况，他必须盘珠子听评书，以及找顾客说话解闷，如果你敢否定他在中南海的亲戚熟人，那你就必须接受是外地人的鄙视。不过好在我那时很穷，舍不得打车，不然非得被卷舌音绕晕不可。

那时候 Grace 也在北京，她开始住在我那儿。两个人挤一张床住了半月，她觉得不方便，就搬走了。她是我毕业后认识的朋友，同来北京，想着相互照应。那时她也跟我一样，没有工作，有时候搭地铁来看我，1 号线的那头到这头，那时还只要两块钱。有一次她来，我请她吃水煮鱼，吃完我身上就没钱了，她身上也没钱了，我们走在小区里，那时北京的雾霾还不严重，天色湛蓝，薄薄的云散在天上。小区里尽是些闲人，老太太带着孩子，老头儿下棋，唯一可见的年轻人就是快递小哥，他们也忙进忙出，只有我和 Grace 无所事事，边走边晒太阳。我们那时并不是多好的朋友，但是北京城太大，有个人相互依靠，可以感到稀薄的温暖。

关于那时我们聊的什么，我已经忘了，但总是记得每次送她去地铁站迎面来的风。

无事可做的时候，时间总过得很慢，傍晚看人群从地铁口涌出来，橘红的晚霞布满天际，一盏一盏的灯亮起来，一片一片的黑暗里，点缀着无数的光。那时我想，这么多房子，为什么我没有一间呢？那橘黄色的灯光后，就是一户狭小的住宅，住在里面的人，算是在北京找到了自己的位置。夜深人静的时候，我就出门跑步，四惠东几个小区连在一起，没有围墙，路面又平，很适合跑步。晚上也遇过一些怪人，有个总睡在墙角的流浪汉。他衣着体面，只有晚上打开铺盖睡觉才看得出是流浪汉。有一次我忍不住问他，是不是无家可归？他说不是。我问，那为什么要睡这儿？他说："你不要问。"有时跑到路灯未及的拐角，总是加快脚步，觉得很可怕。没过多久，就听人说，有个女孩深夜回家时被抢劫并且死了。

我不敢再跑，反正冬天也快来了，总在家里窝着。那个收留我的朋友回了老家，整套房子里就剩我和一对情侣。他们俩白天出门，我一个人在家。他们有条狗，我帮忙看着。我把沙发拖到书桌前，成天窝在里头看书，好在暖气足，待在家里很舒服。那对情侣刚毕业，女孩在银行实习，男孩在房屋中介上班。女孩工作辛苦，每个月得拉几千万存款，下班后还在打电话给七大姑八大姨，让他们存钱。男孩总是打游戏，不思进取的样子。两人这种状态，无心管狗，大多时候都是我在看着。他们买的狗粮才几块钱一斤，随便撒在地上让它吃。我每次带狗出去散步，它都兴奋得不行。它很懂事，明白只有我有空对它好，总跟我挤在一张沙发里。

那年冬天，我窝在沙发里，看了许多书。有一本我很喜欢的《人各有异》，是E.B. 怀特写的。其中有一篇是关于他被报社辞退后在船上打工的日子的。他写道："每个人在他人生的发轫之初，总有一段时光，没有什么可留恋，只有抑制不住的梦想；没有什么可凭仗，只有他的好身体；没有地方可去，只想到处流浪。"可是我不想流浪，我只是无处可去。那时世界和我还没发生任何关联，世界的归世界，我的归我，它那么大，我能去的地方不知道在哪儿。

或许是老蜷在沙发上，那年开春后，我颈椎出了问题，严重到右腿上面失去知觉。我赶紧回了家，让妈妈带我去看病。后来有一天，那女孩突然在QQ上找我，她说她也回家了，不小心怀孕，回家把孩子流掉，家里父母不喜欢那男孩，他们就分手了。我安慰了她两句，问她，狗还好吗？她说，回老家不能带走，丢在小区里了。

再后来，我的人生突然就走上了正轨，病好了，找到工作，做了记者，在一年多后就回到了北京。Grace也是，在武汉一家报社也找到了职位。突然间，我们成了社会人，每个月有了收入，还知道要交税。不知道为什么，我们也努力读书，该考试的时候考试，投简历的时候也很积极，为什么会被世界丢下呢？还好，那段发轫之初的时光已结束，我们在世界的流浪如此短暂，就回到了正常人的群体中。要知道，我可是花了很大心思成为正常人的。那些人生顺风顺水的幸运儿理解不了那种不属于任何团体的孤独，我还好，已经摆脱。

回北京工作没多久，我拿着爸爸给的一笔钱在郊区买了房子，不管别人如何鼓吹租房也是家，我都执意要买房。郊区虽然远，但那是自己的家呀！不用再搬来搬去，也无所顾忌地买大件家具，我的两只猫也不会再被房东讨厌，踏踏实实地跟着我，哪儿都不用去了。

每天坐车很累，但我并不真的在乎。有时公交车没了，只能拼车，只要十块钱就可以坐回家，也很方便。有段时间，交警嫌拼车堵塞交通，就派协警站在路口，不许车停。我从马路对面过来，一个协警猛地向我吹口哨，他挥手赶我，说，走走走，别停着，边说边把我赶走。或许他只是在工作吧，但我真的很愤怒，觉得很羞辱。我愤愤地想，我是作家呢，在网上还有几万粉丝呢！但是这有什么用呢？在北京，我们都只是些外地人，沉默地听着协警尖锐的哨声，顺从地走到另外的地方去。

为此我讨厌北京，甚至讨厌北京人。我租房子的时候，住在北影的家属楼里，这样的机关单位的小区在北京很多。那是我最后一次搬家吧，搬家公司的人把打包好的行李和家具都运了下去，我抱着猫出门。猫很害怕，在我身上乱蹬，拼命挠我，扭身就走，逃回家里去。楼梯间里，有一桌人在搓麻将，他们都是北京人，见到我那么狼狈，觉得很好笑。有个人问我：“姑娘，你搬家啊，为什么不买个房子？”我还没说话，他又笑着说：“你上东边去买，燕郊，那儿便宜。”我没好意思说，我就是买在燕郊，抱紧猫进电梯，心里却在骂，你们不就是1949年进城的吗？把舌头卷起来干吗啊？你们的儿子和女儿加起来有三百斤，都是些废物，守着你价值千万的房子打麻将打到死吧。

在这种时刻，我真是讨厌北京到了极点。

为了不再被协警驱赶，我奋力考了驾照。北京本身是个直男癌氛围浓重的地方，飞机路过此地，都要被直男癌气冲得颠簸。驾校就是这气氛的集中点，以每个驾校为中心，简直臭得让人绕着走都要被熏晕。考驾照那几个月，是我人生中最严重的忍气吞声时期。为了尽快摆脱，我每天都去，一个中年男性每天坐在身旁吆五喝六骂脏话。有一次我在学倒库，正准备右打轮，教练说：“是右吗？”我说：“是啊！”他说：“是右吗？”我想了，是右没错，他又说：“是右吗？”我怯怯地说：“是啊！”教练吼道：“那你倒是赶紧打啊！”这就是直男癌的沟通方式，他们不一定错了，只是永远觉得自己是对的，十分讨厌。

上路后，你会发现北京的司机还未进化成人类，还是一群猴子。每次我打灯并线，后面的车就倏地加速，生怕我并线成功；要是我遵守交通规则，与前车保持安全距离，那些司机就像发现新大陆一般，非得挤进来不可。在这种人类退化训练营里，我很快就适应了。每天下班，快步跑到车里，打开空调，抵御北京的寒冬。那么大的城市，有了自己的空间，就不会那么孤独。

我在北京折腾的这几年，这些我奋力得到的，就是为了消解身在北京的渺小漂泊感，我想要的那么少，北京却依然如此庞大冷漠，让人喜欢不起来。有个人曾经告诉我，现在的北京是冒险家的乐园，遍地黄金可捡，可是我却什么都没有捡到。也不是没有美妙时刻，有一年我住在安贞西里，靠近元大都公园，秋天的时候，偶尔有几天雾霾不重，我在傍晚时刻出门散步，那时阳光是啤酒般的金黄，风也很温和，公园里有柿子树、海棠树，柿子树的叶子落了，红红的果实挂在枝头，海棠果也结满枝头，有几个人拿着竹竿打柿子，还有孩子挂在海棠树上摇，果实稀稀落落地掉下来，他们一拥而上，捡为数不多的战利品。那时我觉得很快乐，并非怀念乡野生活，也许是有某种奇怪的柔软笼罩了我，让人觉得北京也有温柔的时刻，想起来，这是我唯一喜欢它的地方。

无论如何，我还是将离开此地，以暖气、儿化音、糖炒栗子起誓，北京啊，我终将离开你。

正义是一种教养

一直以来，我都在琢磨到底什么是教养，是不是穿阿玛尼比穿班尼路有教养？后来我明白，穿阿玛尼确实比穿班尼路更体面，教养却谈不上。那教养究竟是个什么玩意儿？看完《杀死一只知更鸟》后，我明白：教养太复杂，但首先应是正义，正义是一种教养。

20 世纪 30 年代，美国南方，律师带着一双儿女，他们生活平淡，孩子的童年没什么不幸，玩闹着长大。一次，他们邀请家境贫困的同学来家中吃饭，这同学吃饭的方式奇怪，几乎将一升糖浆倒在食物上，小女孩不解地问他在做什么。仆人将女孩带到厨房说：“他是你的客人，就算他要吃桌布，你也不能说什么。”有一年，两个孩子从亲戚那儿收到两支气枪作为圣诞礼物。他们的父亲对这份礼物并不满意，认为气枪是上帝给了他们一个对其他动物不公平的优势。

平静的日子被一件事打乱，父亲为一位被指控强奸白人女孩的黑人辩护。县里的人觉得他发了疯，麻烦纷至沓来。孩子在学校受到辱骂，认为他们的父亲“为黑鬼帮腔”丢尽了脸。同学的辱骂激怒了小女孩，她对同学拳脚相加。回到家里，父亲知道她打架的原因后对她说：“愚昧低贱的人每当觉得有人关爱黑人胜过关爱他们时，就会拿它来骂人……如果别人认为那是个下贱的说法并用来称呼你，对你来说永远构不成侮辱。这只能显示那个人有多可怜。”父亲让他们做的是：昂起头，走过去，做一位绅士。

在法庭上，律师尽力为黑人辩护，事实的真相是白人女孩勾引了黑人，被其父撞破，黑人慌乱中逃走，白人女孩谎称被强奸。但陪审团判他有罪，他黑色的皮肤就是罪恶。女儿望着失望的父亲走出法庭，周围的黑人全部站了起来，她身边的人轻轻地提醒她：“琼·露易丝小姐，起立，你的父亲要经过这里了。”

故事没有结束，失望的一家人被周围人责难，但痛苦更多地来源于对正义的追问：这不公平，在打官司的时候，大家都知道真相，但总有一部分人会赢，因为既定的无知偏见和独断的权力。父亲说，这个时候仿佛只有孩子才会哭。在他们玩弄起那两支气枪之时，父亲说：“你射多少蓝鸟都没有关系，但是记住，杀死一只知更鸟就是一桩罪恶。”因为它们只唱歌给人听，什么坏事也不做。

看到这儿，我徒然增添了自信。若我以后要当谁的母亲，我也要告诉他，孩子，杀死一只知更鸟是一桩罪恶。

我还会对他说，孩子，你要保持敬畏，那种男人对女人的敬畏，文明对自然的敬畏，有权力的人对没有权力的人的敬畏。你不要以为手中拿着枪就是勇敢，真正的勇敢是你知道什么是正义，并坚持不做不义的事。思及此，我对将来成为谁的母亲又少了一分恐惧，我会和他一起昂着头，走过去，做绅士。

我心中最美的短篇小说 TOP10

阅读短篇小说跟长篇小说是完全不同的体验。阅读长篇小说，必须付出足够的耐心，短篇小说则不是这么回事，它需要更精巧，并且坚硬，在极短的篇幅完成一个故事，它写的可能是一天，也可能是十几年，这些故事的魅力丝毫不逊于任何长篇。我读过一些小说，说起来也有大几百本，甚至接近一千本。选出我最爱的十篇短篇小说，它们有些很著名，有些很少被读者知道，但是真的都值得一看。

TOP10
川端康成《睡美人》

日本作家嘛，总是极端讲究的，有时甚至讲究到让人生出厌烦的地步。川端康成像谷崎润一郎，却写得比后者更轻巧。他最好的作品当然要算《伊豆的舞女》《雪国》这几本，但这些都是长篇。短篇里，我最喜欢的是《睡美人》，讲的是有钱的老人找年轻女人睡觉的故事——这里的睡觉，就只是睡觉。让妙龄女人服下沉睡的药物，昏睡在老人身边。花了不少钱的老人，什么都不做，只是看着这具未着一衫的光洁肉体，闻着少女发出的体香，感受着轻微的呼吸，便得到了极大的满足。看起来似乎有些变态，实际上也很变态，但是川端康成写得美极了，少女的裸体、衰老的哀愁，都美极了。我听人说过，若说老年人没有性、爱和被爱的欲望，那是对老年人的诬蔑，这在这种近乎恐怖的优美故事中，体现得很好。

TOP9

契诃夫《带小狗的女人》

这篇小说技法精湛，用的是传统的悲剧结构，男女主角在第一次分别时觉察到爱情的来临，故事本身很俗气：一位大男子主义的中年男人在度假酒店勾引少妇。他向来视女人为卑贱的物种，以玩弄感情为乐。他本想骗少妇上床后就抛弃她，等假期结束就回到自己的生活里，继续做乏味而有责任感的丈夫和父亲。可是在他送少妇离开的那天，在火车站里却突然感到心痛。回到莫斯科后，他越来越难以忍受自己的生活，啊！生活，于是干脆动身去找那位少妇。见面前，他羞怯，嫉妒，像热恋中的女孩，还怀疑自己被玩弄了。可两人见面的那刻，他们都明白没遗忘彼此，这不仅是一夜情。于是这位庸俗的男人和出轨的女人做出决定。契诃夫并没有写是什么决定，他只写道："似乎再过一会儿，解答就可以找到，到那时候，一种崭新的、美好的生活就要开始了，不过这两人心里也明白：离结束还有很远很远，那最复杂、最困难的道路现在才刚刚开始。"

这故事的美好在于两位污秽的主角在虚情假意后竟发现了真正的爱情，如同我们生命里见过的人，甚至就是我们自己，不如电视剧里俊男美女，但是人人都有机会的，有机会获得真正的爱情。

TOP8

凯瑟琳·安·波特《正午酒》

这篇小说在国内很少被人知道，凯瑟琳·安·波特在美国也以风格化的女作家著称。这篇几乎是她最好的，但因为是中短篇，不能独立成书，似乎看过的人很少。这篇小说所讲的是，一个农场主接纳一个沉默的男人来农场打工，长工什么都好，勤劳，手艺很棒，但问题在于他太安静。几年来，除了干农活，他几乎不说话。农场主一家受益于这位长工，生活有了起色。一天，有个陌生的男人来到农场，一看就不是个好人，他是所谓的赏金猎手，吐露出这位长工是个精神病人，曾杀过人，逃跑到这里来。农场主厌恶这男人，试图把他赶走，不巧的是，长工这时出现了，讨厌的男人试图抓他，并向他逃跑的背影开枪。农场主看到那个逃跑的长工，他的背影如此无辜和无助，这个可怜的人需要帮助，于是举起斧子，砍向开枪的男人，同时，枪也响了。故事的最后，农场主带着妻子，走在乡村，试图跟每个人解释，他是为了保护长工才砍死男人的，法院也判他是过失杀人。但是即便这样，乡民还是不愿再亲近他，甚至连他儿子都怀疑他会再度杀人。

于是他自杀了。

这个故事的美妙之处在于它用了两个杀人故事套起来，一桩意外如何毁掉人生，不管你多么努力，命运就是如此安排，人生啊，就像正午的酒，你早上起来，神清气爽，可是不到中午，你就把全天的酒都喝完了，这就是正午酒。

TOP7
爱丽丝·门罗的《熊从山那边来》

我在很多场合跟人讲过这个故事，得到的结果都很好。很少有人主动去看门罗的小说，因为写得复杂，看不懂，很闷，种种原因让他们放弃了阅读门罗。《熊从山那边来》是个典型的门罗故事。大概是说，一对老夫妻，妻子突然老年痴呆，丈夫只得把她送到养老院去，每周末去陪她。可是她慢慢地失忆了，不再记得丈夫了，更麻烦的是，妻子突然爱上了养老院的另一位老先生。她恍如少女，因为恋爱而开心。她的丈夫非常痛苦，不仅因为深爱的妻子爱上了别人，也是因为她竟然忘记了他。这时候，与妻子热恋的老先生的太太不满意了，想把丈夫从养老院接出来，阻碍他们的恋情。丈夫着急了，决定与这位老先生的太太谈一谈，请她不要接走自己的丈夫，让妻子和他继续快乐地在养老院生活。

那天她的丈夫和老先生的妻子，两个奇怪的人在屋子里聊了又聊。这位妻子非常怪，提出了一个交换，如果丈夫可以和她约会，那她就不把自己的丈夫接走。丈夫郁郁离去，一直在考虑，最后他决定答应她的要求。就在答应之前，他去养老院看自己的妻子，奇妙的事情发生了，妻子因为老年痴呆，竟然突然忘记了与自己热恋的老先生，又记起自己的丈夫来了。

这只是个人生的琐碎故事，却被门罗写得波澜壮阔，关于疾病、衰老和爱情，日常生活里的惊心动魄，好看极了。

TOP6
马尔克斯《礼拜二午睡时刻》

我曾反反复复读过《礼拜二午睡时刻》，这是本短篇小说集子，里面我最喜欢的就是与书同名的《礼拜二午睡时刻》。马尔克斯写得真好呀！一个炎热的小镇上闯入了一个小偷，被人打死了。小偷的母亲坐火车来到镇上领尸体，一言不发，就像没有歉意也没有哀伤，关于贫贱的尊严、炎热的天气、倔强的傲慢，我喜欢它超过了喜欢《百年孤独》。

就像马尔克斯在《上校无人来信》中写的，穷途末路，没有饭可吃的时候，人吃什么呢？

吃屎。

TOP5
J.D. 塞林格《逮香蕉鱼的好日子》

如果不加节制，我会直接把塞林格的《九故事》写上来。这本书里的九个故事，每篇都是一流的短小说，最后再加一篇塞林格的《破碎故事之心》，那么我的 TOP10 就完整了。我是如此喜欢塞林格到了不理性的地步，早先的时候我最喜欢《爱和凄楚，献给艾丝美》，这个故事就是冻雨夜的小火苗，湿冷而温暖。后来看了几遍后，我发现我还是更喜欢《逮香蕉鱼的好日子》，不分高下，就是单纯的更喜欢。

《逮香蕉鱼的好日子》讲的是一个时髦的姑娘带着从战场回来的未婚夫度假的故事，两人感情正好。故事一开始，就是电话铃响了很久，几乎快要挂掉的时候，姑娘才接电话——她不是那种电话一响就慌慌张张接起来的女孩，而是那种要等指甲油快干的时候，才慢吞吞接电话的人。我十分喜欢这个细节，它是标准塞林格式的。

电话是姑娘的母亲打来的，关心女儿的假期，问她和未婚夫还好吗。刚从战场回来的人好像都很奇怪——女孩漫不经心，就说很好，母亲担心他们度假时，未婚夫还带着一支枪，女孩叫她别担心，一切都挺好的，不是吗？未婚夫从战场上活了下来，美好的生活即将开始。

这时未婚夫正在沙滩上，遇到了一个小男孩，他的母亲似乎玩去了，留他在沙滩上。未婚夫与男孩说话，告诉他今天天气真好，是逮香蕉鱼的好日子。男孩问什么是香蕉鱼啊，未婚夫说就是一种长得像香蕉的鱼。两人聊了很久，男孩真的相信有香蕉鱼的存在。

两人分手后，未婚夫上楼，对准自己的头开枪自杀了。

我喜欢这个故事是因为它从未写过人要带着伤痛生活，而如此冰冷地展示了这个主题。塞林格又忍不住讽刺了男人和女人之间交流的不可能，关于美好的生活假象，试图构建只有孩子的世界的野心。是啊，人多孤独呀。

TOP4

奥康纳《好人难寻》

奥康纳就是教科书级别的作家，她写的短篇，每篇的结构都精巧合格，可以打一百分！其中以《好人难寻》最完美，按照标题，里面写了如何将一个“好人”老太太推向地狱的故事。

这位老太太与儿子全家想要开车出门到佛罗里达旅行，她自认是个好人，得体又优雅，批评儿媳妇的着装随意。她想要是出了车祸，人家看到她的尸体时也知道她是位优雅的老太太。旅途中她一路喋喋不休，欺骗孙子路途所经过的某幢古宅里有藏宝，儿子为满足孩子的好奇心，驱车前往，却在崎岖的土路上翻车。老太太假装受伤，想免于责难。这时他们一家遇上劫匪，老太太惊呼曾在报纸上见过这劫匪并叫出他的名字。这一举动让全家死于枪口之下。在老太太被杀之前，她反复跟劫匪诉说，我知道你是个“好人”，并劝说歹徒祈祷。歹徒三枪杀掉她之后说：“她会成为一个好人的，如果每分钟都有人朝她开枪的话。”

这实在太好笑了，好笑得有点像科恩的电影，奥康纳所写的角色，大多都是自认虔诚，手持上帝训诫的伪善者。他们在日常生活里雇用黑人，又暗地里鄙视他们没有逻辑，好吃懒做。他们行“善”，又为恶所控。

这种复杂与暧昧直接戳痛读者——你的伪善一毛钱都不值。

这也回答了一个哲学问题，什么是恶，恶就是没有善。毕竟奥康纳可是个爱生气的女人，她是那种为了一件事生气，就要生气一辈子的女人。

TOP3

罗贝托·波拉尼奥《地球上最后的夜晚》

推荐波拉尼奥的短篇小说其实很困难，他的短篇小说情节很少，很难说有完整的故事，但阅读这本短篇小说确实为我带来了全新的阅读体验。与其说是体验，不如说是震撼来得直接。波拉尼奥以《2666》而著名，他的短篇小说很少被人提起。

这本短篇小说，虽然是独立成篇，但是主角好像都是一个人（也许就是作家本人），随父亲旅行的少年，给著名作家写信的未成名作家，一个心碎的女人的男性好友。他描写了很多夜晚，就像是世界到了尽头，月光之下也无新事——但他讲故事的语气实在太迷人了。书中有一段，写男人和女人开车，女人的丈夫似乎超车过去了，他们俩停了车，“车子停靠在路边了。我打开了车门，下车。天还没全黑，但已经不是白天。我周围的土地、公路两侧的山丘，已经是深黄色，我从未见过的深黄。仿佛那亮色（不是亮光，而是颜色）满载着我不知道的什么东西，但很有可能是永恒的什么。”

波拉尼奥写的是什么呢？是地球上最后一个夜晚，是世界尽头的永恒呀！

TOP2

海明威《在异乡》

海明威应该有更多短篇入选的，比如《白象似的群山》《一个干净明亮的地方》，但是我偏爱《在异乡》，里面写一个在战争中受伤的大兵在米兰接受治疗，在医院里遇到了几个同样受伤的上校，其中一个上校坚称男人不应该结婚，他怒气冲冲地说："不该，就是不该。即便一个人注定要失去一切，至少不该使自己落到要失掉那一切的地步。他不该使自己陷入那种境地。他应当去找不会丧失的东西。"后来才发现，是上校的妻子生肺炎死掉，上校的悲痛全变成了对命运的愤怒。这个上校不知道是不是应该愤怒，对战争，对命运，对所有的一切，他只是隐隐地感受到了哀伤。

他走在寒冷的米兰，深秋时分，华灯初上，沿街看看橱窗很惬意。店门外挂着许多野味：雪花洒在狐狸的卷毛上，寒风吹起蓬松的尾巴；掏空内脏的僵硬的鹿沉甸甸地吊着；一串串小鸟在风中飘摇，羽毛翻舞着。这是一个很冷的秋天，风从山冈上吹来。他路过一座桥，遇到了卖栗子的小贩，把买的热栗子放进大衣口袋，暖着手。

似乎没什么不对劲，但是一切都不对劲，啊，生活！

TOP1

福克纳《献给爱米丽的一朵玫瑰花》

免不了要谈到福克纳，他和海明威像是一对死对头。海明威说他是个南方的乡巴佬，福克纳说海明威："人们不知道他使用过一个需要读者去查词典的字。"——海明威引以为傲的简洁、有力的写法，被福克纳说成没文化，他回应："可怜的福克纳。他真的以为巨大的感情需要巨大的字？"

福克纳写短篇少，长篇多，但是这篇《献给爱米丽的一朵玫瑰花》写得好看极了，在美国南北战争后的南方小镇上有个老处女，她就是爱米丽小姐，大家提起她都觉得古怪极了。她从不出门，从不纳税，纳税官上门催缴，她说，她的家族从不缴税，这曾经是他们的地方。是的，在南方，森严的等级制度和种族隔离，让爱米丽小姐变成了这样一个人。她年轻时，有机会像正常女孩一样恋爱结婚，但变化的时代和不肯变化的家族阻止了她。在她父亲过世后，她就变成了古怪的老处女。可就在这时，她爱上了一个包工头，是个北方人，这对她来说是了不起的进步，毕竟，她可是南方贵族的小姐。可是包工头无意与她结婚，镇上的人发现当铁路修完，他就消失了，感叹爱米丽小姐真的要一辈子当老处女了。四十年后，爱米丽小姐过世，人们撬开她宅子的大门，发现包工头并没有消失，而是被爱米丽小姐毒死了，尸体就存放在爱米丽小姐的床上，结婚的用具齐全，全是新的，爱米丽小姐每晚都在这里睡觉。

这几乎是我看过的最完美的故事。人多么伟大而卑微，为了爱，为了尊严，为了愚蠢，为了一点点的温暖，几乎用尽了毕生的力气。

给爱德华·诺顿写信

（一）你人生中真正重要的事

你好呀，爱德华·诺顿。

我叫苏更生。或许你没有听说过我吧，但我确实是你在东半球官方指定的唯一女朋友。是的，你没有看错，我住在东半球，一个叫作中国的国家。这里偏北的地方，有个城市叫北京，我就住在这里。

现在是 4 月了，走在街上，满街都飘飞着柳絮和杨絮，顺着风拂在脸上，让人面颊痒痒的。你有没有机会在 4 月的街头打上一个喷嚏？如果有，那你就会知道，这滋味确实不好受。

4 月 17 日，甄嬛的生日，或许也有某个人在这个月死去。

我知道你来过中国，起码你的电影《面纱》中就是这么演的。木讷的医生带着不忠的妻子在瘟疫肆行的中国乡村。你对你的妻子说：“我知道你愚蠢、轻佻、头脑空虚，然而我爱你。我知道你的企图、你的理想，你势利，庸俗，然而我爱你。我知道你是个二流货色，然而我爱你……我知道你仅仅为了一己之私跟我结婚。我爱你如此之深，这我毫不在意。”

当然了，这不是你说的，这是毛姆说的。这个奇怪的矮个子同性恋，真不知道从哪里冒出这么多好句子。可惜他只是个二流作家，一生都在追求故事。毛姆不像他笔下的你，却像你的妻子。面对写作，他一味追求故事新奇，再兜售些看似意味深长的哲理。哎，太懒。

你以为我要跟你谈论天气、电影和文学吗？不不不，住在北京的人一半都在谈论这些。我想和你说些真正重要的事。

有一天我下楼散步的时候，是的，我总是散步，有时一个人，有时两个人，可是我并不擅长说话，也老是忘记倾听，两个人的时候也像一个人。我总是走得很快。在某年的 4 月里或者是 5 月里，深夜我走在黑漆漆的路上，有个男人带了一只巨大的狗。他告诉我，这是古代牧羊犬，脸都埋在了厚厚的长毛里，可是狗很温驯。我们同走了一段路，就再也没有遇到过。

可是我还是在散步，深夜的时候走在路上，开阔的马路上很少有人，也很少有车。呀，我忘记告诉你了，北京是个拥挤的城市，只有深夜的时候，才可以容得下走路的人。

我有时候会想到你，有时候我也想别人。我站在高楼上，看着楼下往来的车辆、疾走的人群，暗想每个人都有自己无趣的生活。这只是一种暴躁的假设，是我困在自己身体里的某种无力。如果我能更爱你，或许我也可以更好地生活。

你知道契诃夫吧？俄国的一个作家，人还不错，只是玻璃心，总是在不停地追问，啊，生活！什么是真正的生活？！我想敲敲他的脑袋，让他到门外抽根烟冷静片刻。

生活就是谈论真正重要的事。

我走在街上，无须跟任何人打招呼。某个4月的晚上，刮起了大风，把垃圾袋、纸箱、空瓶子和泡沫盒子都吹动起来，它们高高低低，趺趺撞撞，我身后有群清洁工阿姨，追着空瓶跑。她们的笑声也被风刮了起来，和我的外套一起摆荡。我走进电梯，阿姨们也走了进来，我们都被送回了自己家里。

诺顿先生，如果不是我排除了七千多种可能，你也不知道你生活中重要的东西是什么吧？是的，以前我也不知道。我知道在6月的时候换上人字拖，在9月的时候买一条新裤子，也知道在冬天快要来临时去交上一笔暖气费，让我和我的猫都可以在暖和的屋子里度过漫长的冬天。

你知道西伯利亚的冬天吗？那是俄罗斯人的冬天，有一天晚上，一个鄂伦春族的人来到我的梦里，他们原本在大雪山里卖傻狍子，爷爷倨傲，不跟我说话，他的孙女是个精灵古怪的角色，正在和一个人谈恋爱，非常甜蜜。她还有一个背着弓箭的哥哥，为人十分正直。那天晚上我问他们："你们来我梦里是有什么话要告诉我吗？"妹妹上蹿下跳，快乐得不行，哥哥皱着眉头，爷爷却一直在抽烟。

他们什么都没有说。

我想跳过语言的逻辑、段落的衔接、文章的框架来跟你谈论一些真正重要的事。是的，我想我知道了人生最重要的东西。有些人带着笔记本电脑去咖啡馆写作，我不是这样，我只在散步的时候想着给你写信。

我原本想谈论那七千多个错误。写完这封信后，我去收拾屋子，把枕头放回原来的地方，把烘干机里的衣服拿出来叠放整齐。它们是温热的，已经没有了一丝湿气，可惜我不知道如何烫平你喜欢穿的白衬衣，它们笔挺地穿在你的身上，我想那一定很好看。

你会在什么场合把衬衣的边缘塞进裤子里，又会在什么场合让它们自然地露在外套下？

我和两只猫住在一起，北京的冬天已经过去了，这个冬天我并不是很快乐，可这也不重要，比之清醒，快乐显得稍有些轻佻，就像我给你写的信，就像你《面纱》中的妻子，一个美丽的女人。精致的面庞，鲜艳的嘴唇，她蔑视你时的愚蠢和追逐快乐的勇敢，哐当碎在冬天，被你带入了炎热的瘟疫地带。

我想我还会给你写很多信。我不会提及《绿巨人》，虽然它的导演是我喜欢的李安，你喜欢李安吗？我有点喜欢，但是他比不上杜琪峰浪漫。或许浪漫是重要的事吧，你说是吗？可是你们美国吧，有个作家说，除非爱受到了阻碍，否则不存在什么浪漫。这个作家叫厄普代克，也是个懒家伙。

收拾完屋子，我会坐在沙发上，待在这里，北京，中国，东半球，然后安静地想你。

您东半球官方指定的唯一女朋友

苏更生

（二）诚实的人不该拥有两张信用卡

爱德华·诺顿：

你好啊，上次和你谈论了人生中最重要的事，却忘了自我介绍，对了，我是个诗人。在你的世界里，我并不存在，可是在我住的地方，我确实是个诗人。诺顿先生，你知道吗？是什么让我成为一个诗人，是房贷、信用卡和第二张信用卡。

人们时常问我为什么喜欢你，因为你长得帅吗——我向你保证，他们说得没错。只是我不想告诉他们更多。你和很多导演吵架，也和很多剪辑师吵架。连好脾气的大卫·芬奇都不再喜欢你。

诺顿先生，我睡不着，你也会睡不着吗？此刻你睡在这巨大星球的哪个位置、哪个国家、哪间酒店、哪一张床？在我和你之间，在无数经度和纬度交错之间，人们浪费了多少距离，默念多少晚安，却没能与人一道醒来。

有人教会了我游泳，在许多6月里，我们踩着炎热的水泥路去游泳池，一口气可以游上十个来回。我还可以憋很久的气，往更深处游去。你知道那种感觉吧？耳中充满了水流的白噪声，而你只想去更深的地方。在某个9月吧，或许是10月，我在游向深处时，突然听到了自己巨大的心跳声，激烈地碰撞在胸腔里，使我感觉快要溺水了。于是我努力游上来，死死抓着泳池里的分道线，不停地喘气，但溺水的感觉却没有消失。

我很擅长游泳，只是不太擅长孤独。

中国有个作家叫王小波，在很多年前的4月里去世了。他在写给自己的妻子的信中说道："我不要孤独，孤独是丑的，灰色的，令人作呕。"人们时常说情书里写的尽是些孩子气的话，我想说这话的人才孩子气。诺顿先生，如果他们见过坚贞的、光洁的、饱满的爱，就不会这么说话了对吗？

我告诉过你吗？我住的地方，窗外充满了白噪声，公共汽车停站，发出一声叹息。有人上车，也有人下车；有人按喇叭，也有人急刹车，或许还有人路过此地，想起了另外一些人。如果你路过，会想起我吗？你会在清晨还是傍晚想起我。我在你的世界，等于消音了吧？我觉得你是孤独的，但是我总愿意相信，你过得很好。

男人的鼾声也是白噪声，我见某位女作家写，男人嘛，放屁打鼾打嗝，总要占一项。可是我很疑惑，诺顿先生，我对海鲜过敏，每次在饭桌上说自己不吃海鲜，人们就会关切地问，你是对所有海鲜都过敏吗？我总是很为难，因为我并没有吃过所有的海鲜。在第一次过敏后，我就停止了对所有海鲜的食用。是的，那位女作家怎么会了解所有男人呢？正如我对深海里可食用的鱼类一无所知。

我的爱也像是白噪声，它无处不在，却又没人肯听。直到有一天我自己也忘了，以为它真的消失了。

艾略特说，4 月是最残忍的季节。其实我想问他为什么，你也好奇吧？我觉得短句铿锵，长句缠绵。我可以坚定地说，我爱你，也可以缓慢地说，我总会想起你，想起你就像接收这世界上的一切白噪声，那时孤独就会变得很清澈。王小波说错了，孤独不是灰色的，而是清澈的，可以听到每句我想说给你的话。诺顿先生，你喜欢短句还是长句呢？

我想搬到小房间睡觉，或许那时我会睡得更好。最近我丢掉了我的安眠药，它们陪我度过了很多夜晚。现在睡前我会给自己倒上一杯酒，你也喝酒吗？诺顿先生，你是一只温柔又阴险的小白兔。人们常说你最好的电影是《一级恐惧》，你扮演了有人格分裂的人——温柔无助的孩子和狡诈的杀人犯。这是你的第一部电影，也是你面庞最光洁和柔软的时刻。你喝酒就会脸红吧？

酒有副作用，它比安眠药贵。你很有钱吗？诺顿先生，我也有一点钱，人应该有些钱的，但一个诚实的人不该拥有两张信用卡。我的卧室太大，每天早上走出来需要费些力气。我想我应该搬到小房间，那里狭窄又不透气，只能容下一张单人床。在密闭的空间里，或许我不会过上某种卑鄙的生活。

有个喜欢写短句的作家海明威，他在《永别了，武器》里写一个男人和女人相爱了，“好比我们回了家，不再感觉孤独，夜间醒来，爱人仍在，并没有发觉梦醒人去；除了这以外，一切事物都是不真实的……我们在一起的时候，也有孤独的感觉，那是与世人格格不入的孤独。这种经验我一生中只有过一次。我和好些女人在一起的时候，总感觉孤独寂寞。但是我和凯瑟琳在一起，从来不寂寞，从来不害怕。”

作家都是善于撒谎的骗子，凯瑟琳死掉了，海明威写：“我关了门，灭了灯，也没有什么好处。那简直像是在跟石像告别。过了一会儿，我走了出去，离开医院，在雨中走回旅馆。”

如果我是作家的话，我会怎么向你描写道别呢？你们美国还有个作家写过，道别就是死掉一点点。我不能写得比这还好了，于是我决定沉默。这位作家叫雷蒙德·钱德勒。我想他是个诚实的人，像你，不像我。你多好呀，我需要你。

你是个喋喋不休又沉默的人呀！沉默，代表睿智。老早以前，我就打定了主意不再相信任何睿智了，因为这世界上的骗子太多。睿智挤占智力，我不喜欢这样。于是我开始讽刺、调侃和怀疑，频繁使用反问句。如果我再聪明一些，说好了沉默就必须沉默到底。

于是我决定今晚就写到这里，杯里的酒空了，晚安！

您东半球官方指定的唯一女朋友

苏更生

（三）我们不能以平庸来反抗平庸

爱德华·诺顿：

你好呀！看了看你的档期，《鸟人》之后，只拍了两三部电影，今年也没出现在院线之上。不知道你工作忙不忙。有一天晚上我加班后回家，开车经过了北京某处繁华地带，当时已经是深夜了，可商贸区鳞次栉比的高楼里亮着一扇又一扇的窗，灯光连绵成片，与黑暗交汇。我从高架桥上下来，看着巨大黑暗下壮丽的高楼，觉得城市生活很美。

白天的北京称不上美丽，但天色暗下来，与丑陋成反比。这世界上有很多城市，你去过多少个？诺顿先生，你去过京都吗？京都最美丽的时刻是黄昏，这个地处日本南方的盆地小城，因为少有高楼，无论站在哪里看，天空都很开阔。你喜欢这世界的哪一刻？在地球的东部、西部和北部，你看过多少次天空呢？

你在黄昏时看过京都的天空吗？那种湛蓝逐渐消失，晚霞的昏光逐渐铺满天际的刹那。我在京都的黄昏时分吃饭，在另外一些黄昏骑自行车，在黄昏时飞速穿过大街小巷，在每个路口的神社门口想起你。然后我在每个黄昏后走到河边去喂猫。是啊，我在日本住的时候养过十几只猫，天色一暗，我就提着大袋猫粮和几个罐头走向它们。我搓响手中的塑料袋，猫就会从四面八方跑过来。或许是语言不通吧，这些日本猫理解不了我对黄昏的喜爱。诺顿先生，我、你和世界，共同经历了黄昏。

是的，我会开车，但开得很糟糕。不过我是很喜欢汽车的，如果生活在古代，既见不到高楼，也见不到汽车，那样的生活常常被人们称作宁静，但我不喜欢，宁静不如喧嚣有效率。但高楼、汽车和准时赴约都让我焦虑，焦虑也有效率。你看，我也很勇敢。

因此，我不喜欢不存在于我生活中的美丽，比如桃花、骏马和刀光剑影。诺顿先生，你很早的时候就拍过很棒的电影，比如《搏击俱乐部》，你的搭档布拉德·皮特也很棒，但是表演远不如你精彩。

对不起，我刚刚撒了谎，布拉德·皮特一点都不棒。

我原本以为可以毫不费力地谈论真理，以一两种语言的计谋，但是现在看来，我所写的只是时间的静止。世界在流动，很多事发生，很多事也在我心里发生，不啻惊雷。但每当我写信，世界就被我按下暂停键。

诺顿先生，究竟是什么让你一直在好莱坞的二线演员中徘徊呢？早在漫威崛起之前，你参演了《绿巨人》，这是我最喜欢的超级英雄，一个拥有超能力的普通人，在暴怒之时无法控制自己。真是彻底的悲剧。只有彻底的悲剧，才会有彻底的勇敢，这是符合浪漫的逻辑。

钢铁侠、蜘蛛侠和红毛女，雷神、刀锋战士和美国队长，都不如你勇敢。有时我凝视某个路口，觉得世界宛如一幅动态照片，车辆往来，路口人散人聚。如果时间更长，我和你都是动图里重复的某个片刻，可是这个片刻，让你成为我生活中最大的谜题。你好吗？我每次都想问。

如果你继续参演《绿巨人》，是不是可以替代马特·达蒙成为今日之星，甚至夺走莱昂纳多的奥斯卡小金人，让他继续努力。我偶然在电视里看过一个采访，你语速超快，非常焦虑，就像你早期合作过的絮叨的伍迪·艾伦。我原本以为他会喜欢你，但我错了。是的，他今年的新片《咖啡公社》确实不太好，远不如《安妮·霍尔》，所以这没什么可惜。

暂停，我说。我是过去、现在和未来的叠加，那你呢？

诺顿先生，工作会让人幸福或不幸吗？我想不会，如果是这样，那世界简单得让人乏味，所以你选择了在数部电影中做配角，也不愿意乏味吧？韦斯·安德森是少有的懂得你的导演吗？因为他眼中的你和我眼中的你，才是一个你。他的电影很不错，如果不赋予某种伟大的意义。伟大常常被人利用，被作为不诚实的典范。有时候我想，这些平凡而重复的工作才是我们人生的真相，与世界上大部分人选择同样的生活方式，要比选择另外一种生活方式勇敢得多。

因此，我们不能以平庸来反抗平庸。

我最近读了一本书，作者说，能力就像某块肌肉，越频繁地施加阻力便会越强壮。如果我反复地练习不爱你，那是不是会更爱你？诺顿先生，从什么时候我们开始避讳提及真理，让哲学变成镇静剂？不不不，这不诚实。

人应当诚实地生活，这是真理。对于一个作家而言，诚实是你不能认为某种写作比另一种写作更诚实，这似乎是个悖论。而对你而言，诚实就是不应该认为艺术电影总是优于爆米花大片，我想你是同意的。我喜欢诚实，也喜欢在咖啡馆里待到很晚的人，在深夜不愿上床睡觉，需要一点亮光的人。我喜欢干净明亮的地方，就像你一样。

我洗完了澡，照顾好了植物和猫，下楼一趟丢垃圾，洗干净了衣服，还清了债，希望能在前程似锦的清晨醒来。有人说，这世界的崩坏是从人们不再互相称呼先生和女士开始的，我同意。于是我诚实地给你写信，叫你诺顿先生。

您东半球官方指定的唯一女朋友

苏更生

（四）这才是生活

爱德华·诺顿：

你好呀！听说你自导自演的新片《布鲁克林孤儿》定在明

年上映，太好了，真替你高兴。原著小说已经被你买下版权超过十五年，从拍摄到上映，不断延迟，现在终于好了，你也很开心吧？

几年前我也看过这本小说，但是不知道你正在拍它。如果知道你买下了这个故事，或许我会看得更仔细些。书里那个患有妥瑞氏症的侦探，是你饰演吧？强迫性地重复某个动作、某句话，如果当天侦探心中的数字是六，那你与人打招呼，就必须说上六句你好，拍六次肩膀。

你为什么会喜欢上这么一个角色呢？我看书的时候很困惑，但是现在我想我能够理解了。我给你讲个你会喜欢的故事吧。有个强迫症患者，他每天脑子里都不断地充满了战争，即便他躺在床上，他也在想，我关灯了吗？关了！我洗手了吗？洗了！我关灯了吗？关了！我洗手了吗？洗了！生活中几乎没有任何一刻是安宁的。可是当他看到她的那一刻，他的世界突然安静下来，他脑海中唯一想的是，她头发的曲线、嘴唇的弧度和她脸颊上的睫毛、脸颊上的睫毛、脸颊上的睫毛。

他下定决心要认识她，于是走上去问了她六次，你要跟我约会吗？她在他问第三次时就答应和他约会了，但是他觉得第三次问得不够完美，于是又问了三次。当他们第一次约会时，他忙着将自己的食物按照颜色分类，忙得根本没有时间吃饭，更没有时间跟她说话。但是她说她喜欢他这样，也喜欢他每次说再见前都亲吻她十六次。当他们搬到一起住后，她说她觉得很安全，因为他每天晚上必须把门锁上十八次。每天晚上，她躺在床上，看着他不停地开灯关灯开灯关灯，她说她就像看着日夜在眼前流逝。

有一天，他在她上班前亲吻她十二次时，说他害她上班迟到，她说他浪费了太多时间。后来她搬走了，她说他不应该这么依赖她，说这段关系是一个错误。可这怎么可能是个错误，当他触摸她的手掌后，他甚至不想洗手。爱不是错误，诺顿先生，你说对吗？真正的爱情怎么会是捕获、驯服和错误呢？

他更无法忍受的是，她现在会跟谁亲吻呢？那个人只会吻她一次吧，他不会在乎那个吻是否完美吧？她是他所有强迫事物中最美好的那个。于是他不再关门了，也不再关灯了。

多让人心碎的故事，你喜欢吗？

最近，我认为愤怒是种积极的情绪。本质上，愤怒是源自无能，而人最恐惧的就是面对自己的无能。为了避免这种恐惧，于是人们开始憎恨，将过错全推给别人。我想这也是积极的，因为若无人可恨，就只能自己承担痛苦。人是种很聪明的动物，为了避免痛苦，会将自己打扮得无比正确。

在未来很长一段时间里，我会勤奋地练习更爱你。就像，相爱的人应该学习争吵，学习误解，学习伤害，学习不完美，学习不理解，学习放弃，学习背叛。只有练习错误，才能找到正确。正确是人会在爱人面前哭泣，因为爱人让我们觉得安全，不会受到伤害。即便被伤害，爱也可以被修复。

你也觉得是这样吗，诺顿先生？

在《布鲁克林孤儿》里，你认为这世界也满是妥瑞氏症患者，走在城市里，高耸的建筑、喧闹的街道、过分的罪恶感和性欲，都是妥瑞氏症。世界是疾病的隐喻，诱导人犯错。不过我也有个好消息。最近我也看了一本关于疾病的小说，叫《深夜小狗神秘事件》，书里的孩子跟你一样，也是个侦探，他在侦查一起杀害小狗事件。他患有阿斯伯格综合征，你可以理解为某种轻度的自闭症。患者也有某些强迫，如果一天见到了四台红色汽车，就是吉日，可以做很多事；如果连续看到四台黄色汽车，就是凶日，只能躲在衣柜里。他讨厌被拥抱，被人抚摸会惊声尖叫到昏迷，他唯一理解的爱就是和人的指尖触碰，这代表我爱你。

小侦探在破获杀狗案时，意外发现妈妈并没有去世，是爸爸残忍地杀害了小狗，于是他离家出走。世界对他来说格外不友好，特别是火车上全是陌生人，而洗手间里留着复杂的气味。这几乎让他看到细菌爬进了自己的血管。

在书最后，他找到妈妈，将妈妈带回了家，虽然离开了爸爸，但是他也愿意原谅他。小侦探认为自己成功了，破获案件，找回母亲，愿意在父亲家里待上两小时，隔着门和爸爸说说话。他写到因为勇敢，自己找到了幸福。

诺顿先生，你看，即便有某些疾病，人还是会获得幸福。我想你这么聪明，肯定知道人都是残缺的，只是有些人比另一些人残缺得更隐蔽。

我想我也是残缺的，我缺少你。

我们已经谈论过了乐观和悲观都不够正确。你同意了，对吗？我想我是知道什么是痛苦的，我们与人生离，也与人死别。相信我，我明白痛苦是什么。但这没关系，如今我坐在这里，给你写信，我觉得很快乐，诺顿先生，这才是生活。

您东半球官方指定的唯一女朋友

苏更生

（五）下一次，再见

爱德华·诺顿：

你好呀！根据你的简介，你出生在马萨诸塞州波士顿，是著名的波士顿人。可是简历上没有写你在哪一条街道学会了走路，也没有写此地的阳光在你成长的每个瞬间是不是足够明媚。我对这里一无所知，除了知道它叫麻省以外，就只知道这是你的故乡。

我最近在某条路上，看到的每个人的背影都像你，但如果有个人真的很像你，那我难免惊惧起来。诺顿先生，对你来说，什么才是最近呢？现在我常说最近，那是因为我离你太远。你的最近，离我有多远呢？

我之前说过，我要穿过语言的迷雾来谈论生活中最重要的事，可现在，我又为它抹上一层糖霜。或许是因为人不喜欢真实吧，诺顿先生。在生活中挖掘某种坚定的真实无疑难过在北京找到春天，它只是冬天的寒冷和夏天的热风交汇时的一瞬间。还好夏天来了，树荫的斑驳落在你脚边，你会快乐吗？

最近我重看了《一一》，这是中国台湾导演杨德昌的电影。开场，男主角和女主角在电梯里重逢，他们已有二十多年未见了。女主角打扮得体，在片刻惊讶后，她熟稔地寒暄，说起自己住在美国，发了张名片，然后离开了。

一分钟之后，她跑回来歇斯底里地问："那次你跟我约好了你为什么没来？我一直等一直等，我被你害得好惨你知道吗？"这个力图淡然的女人瞬间崩溃了，她仍然情绪大起大落，攻击性十足。

男人不说话。

二十多年前，他们是恋人；重逢的时候，他们已是别人的丈夫和妻子，可是这个女人还是夸张地说我被你害得好惨，仿佛她随后的人生都只是些无关紧要的小事。眼前这个男人，是她积攒多年愤怒和疑惑的靶心。即便在二十多年后，一旦瞄准，立即开火。

男人在某个晚上给女人打电话，他说："听说，你现在过得不错，很替你高兴，以前听同学说，你生活得很辛苦，好像觉得跟自己有关……那天你问我，为何突然不告而别，其实当时我有很多原因，不过现在说，也没什么意义，现在知道你生活很好，很幸福，我就很开心。”这个隐忍又容易自责的男人，甚至不敢亲口对她说，只能对着电话答录机。

说的无非是客套话，可他总觉得她过得好或者不好，与自己有关。

后来他们异地重逢，牵手散步，谈论往事，相互抱怨，又抱头痛哭。她漫无边际地谈论起自己离开他后的婚姻、生活、疾病，反复利用他的内疚，男人被逼急了，只说了一句：“我从来没爱过另外一个人。”

急性子的女人索求的答案出现在眼前，她只能无穷无尽地哭，遗憾、痛苦、不舍，这些都是真的。她也知道他不怪她自私、骄横、情绪不稳定，可这些还有什么用呢？痛彻心扉的真相，连他自己都不想承认。他爱她，他用尽一生在爱她，只有自己最懂她。

两个不合适相爱的人相爱了，却相互创造了彼此的生命。诺顿先生，这滑稽吗？悲剧就是彻底的错误，可是爱有可能是悲剧，但不会是错误。

男人最后说，如果人生重来，也不会有什么不一样。我想，他没说错，因为在旧的时刻，再做一次旧的选择，不会有什么不一样，但是还好，我们拥有很多现在。此刻，我们探究自己人生的可能性，走什么路，成为什么样的人，和谁再次牵手。

诺顿先生，时间会抹掉生活的痕迹吧？第一次约会的街角被丢弃，第二次亲吻的触感被遗忘，第三次说再见后并没有再见。我们丢弃旧物，清理衣橱，搬到新地方居住。可是诺顿先生，我们没办法抹去爱的感觉。以前看电影，以为自己看懂了。现在再看，发现那时的眼泪只是为电影而流，而现在的眼泪，只为自己而流。

你这一生过得好吗？这与我有关。

上一次我们说下次再见的时候，为什么没有说，下次是哪一年，哪一天？我知道下次越来越微弱，但我依然说了再见。

某一年，我们曾一起看过某部电影，哪一天、哪一部电影会让你想起我？我已经不再憧憬未来了，诺顿先生。渴望未来不过是表达对现在的不满，而现在我已经很满足了。以前我很害怕长大，也很害怕变老，可是我现在不怕了。

过去，我没有任何时刻比现在更爱你。你想起我了吗，现在？

诺顿先生，你喜欢喝茶吗？我说的不是英国人喝的那种茶，是中国茶，你喜欢喝红茶还是绿茶呢？如果你两种都喜欢喝的话，那么请你白天喝绿茶，能提神；晚上喝红茶，能安眠。你睡得好吗？

我最近也变得很忙，接手了很多新工作，认识了不少新朋友，只有晚上的时候才能坐下来给你写信。忙碌让我变得很充实，而写信让我很快乐。有时候我想，思念的本质是种侵略，它占领忙碌的间隙。我会努力让自己更忙一些。我不喜欢侵略，我喜欢你是自由的，也喜欢我是自由的。我觉得唯有爱和自由才值得信仰，在这个并列里，它们一样重要。

诺顿先生，你累了吗？喝杯茶吧。

您东半球官方指定的唯一女朋友

苏更生

（六）以你的名字命名一条街道吧

爱德华·诺顿：

你好呀！看到你上个月出席了一场活动，精神还不错呢。淡蓝色的衬衫和你很配。仔细想来，你的眼睛和休·格兰特有点像，都是眼角下垂、温柔又无辜的样子。

不过休·格兰特和你比起来，那还是逊色多了，他身上有股“不管这世界怎样，但我就是要爽”的劲头。招妓斗殴被捕，拒绝出演自己最成功的电影《BJ单身日记》的续集。他或许有点轻佻，但总算不上乏味。

《BJ单身日记》算是我最喜欢的小妞电影吧。说起来布莉琪·琼斯，也就是BJ，算不上小妞，电影开场她三十二岁，超重，单身，工作岌岌可危，生活一团乱麻。看电影的时候，我总觉得BJ幼稚可笑，她靠心灵鸡汤来慰藉生活，靠虚张声势来搞定上司，每天记录自己的体重、抽烟数量和财务状况。她有一天写道：抽烟，一百万根！我想她那天的体重可能也大于这个数目。

最近我把这本小说原著翻出来读了一遍，也很喜欢，甚至超过了电影。BJ 毫无理性，不时陷入绝望，着急起来就乱说话，只穿着内裤跑到街头买东西，用讽刺、友谊、酒精来麻痹自己。可在这种混乱里，BJ 仍然在努力地重新开始。

诺顿先生，有个叫伏尔泰的老头说过一句话，我也不确定是不是他本人说的，反正现在网络上的名人名言实在太多了。伏尔泰说："人的本能是追逐从他身边飞走的东西，却逃避追逐他的东西。"重新开始是违背本能，BJ 努力活得比本能高级。

我喜欢重新开始，这让我喜欢 BJ。在电影结尾，全英格兰最帅的帅哥为她在餐馆里打架，休·格兰特撞碎玻璃翻滚到街上，科林·费斯扑上去，两人扭打在地，实在太好看了！BJ 的勇气配得上这两位帅哥打上一架。

现在是深夜了，我坐在公寓里吃杧果。成熟的杧果散发出强烈的香味，我买多了一些。如果不赶快吃掉，它们很快会长出黑斑。果肉香甜，我坐在沙发上安静地吃。咬了几口后，汁水滴在了我的白 T 恤上，我得想个办法把它们洗掉。

我并没有写什么隐喻，诺顿先生，就是吃杧果。

最近我以你的名字命名了某条街道，也以其他方式重新命名了世界。诺顿先生，傍晚我走过一条街，走了很远吧，看到有家关闭的工厂。我突然想起来，很多年前的某个夏天，我也走过了这样一家工厂。

那时某位朋友要离开一个地方，有几大袋书要运走。为了省钱，她决定先把书搬到市区外的物流基地，再寄回家去。我们搭了几小时的公交车，帮她把书送到物流站。那天送完书，天色还早，我们不知道去哪儿，也不想回家。如果那时我们住的地方可以被称为家的话。其实那只是个集体宿舍，四间卧室里，挤满了二十岁出头的男男女女。我们决定再搭几小时的汽车，去更远的郊外看看。我们住在根本记不住名字的旅馆，吃了根本不知名却被冠上知名的餐馆，看了没有名字的山。在所谓的景区里，除了我们，连收费的管理员都找不到。

我记得那天很热，蓝天很蓝，白云很白，阳光晃眼，我们走在河边，走在公路上，要走很远，才会看到有人在路上铺稻谷。是的，诺顿先生，农民把稻谷晒在马路上，等着汽车轧过，米粒从稻穗上剥落下来。我们走过去，在稻谷上踩了一会儿。后来我们离开县城，去车站的路上，就路过了那家工厂。

我以为那只是家大门虚掩的工厂，可现在我才知道，我见到的是命运的启示。当时我茫然无知地站在人生的十字路口。直到前几天，再次路过某家工厂时，我才想起来，哦，命运在暗示我，又一次站在了十字路口。

只是这一次，会有什么不同呢，诺顿先生？

最近我学会了一种简单的生活。无论我在做什么的时候，我都认真地做。例如，吃完杧果，我洗了手，为阳台上的植物洒药。我养的植物长了蚧壳虫，这是种讨厌的害虫，白白的，软乎乎的，覆盖在叶子和枝干上，几乎害死了它们！于是我买了药水，隔两天就喷上一次。每次上药前，我必须戴上口罩和手套，大概因为这是农药的缘故吧。现在这些虫子已经快被药水杀光了。

我的简单生活里，包含了栽种和照料植物。我买下它们，照料它们，当它们生病了，就买药来拯救它们。

诺顿先生，是什么拯救了我呢？我想曾经是你对我的爱把我从麻木中拯救出来，但现在是我对你的爱在拯救我自己。既然我可以拯救自己，那么我也可以拯救植物，不是吗？这些植物总会好起来的，就像每天都在重新开始。

诺顿先生，最近我看了一本书，书里有位哲人，他说："不幸是人支配别人的武器。"我解释给你听呀，他的意思是人强调自己的不幸是在暗示自己的特别，这样一来，别人必须小心翼翼地对待他们。我走在街头，混在人潮里，觉得这位哲人真聪明。如果你和我在街头相遇，我希望擦肩而过的时候，你不认识我。这样既不会不幸，也不会有特别。只是我记得你，会回头看着你，也看着被你温柔又无辜的眼睛打量过的世界。在这个我和你共处的世界，你不认识我，我觉得这很好。

您东半球官方指定的唯一女朋友
苏更生

闪着光像钻石一样孤独

时间过得好快，已经立秋了，还好热度并未减弱，我喜欢夏天，又热又闹。日子轰隆隆向前，让人觉得沮丧，只有夏天让人安慰。

前阵子过了生日，回想了这几年，我感觉2008年和今年都是我人生里比较特别的年份。这两年里发生的事，实在太突然了，突然到它们结结实实地改变了我的人生。

今年之前，我以为人生里最坏的时期已经过去了，2008年，太丧了，从来没有觉得有哪一年比2008年更坏了。

但今年1月里，我外甥女因煤气中毒而去世，与她同住的三个孩子也去世了。我突然觉得，更坏的事情来了。事发到现在，我一直没想明白至亲去世对我来说是什么，前几天才反应过来，这应该是我人生里受到过的最严重的打击，直接又惨痛地把我摔在地上，忙乱的日子突然就咯噔停了一下，那之前最常挂在嘴边的话是，我快要没电了——确实，我就像一部随时快要红格的iPhone，虚弱，焦虑，但当时，我就彻底关机了。

我回长沙去见了她最后一面。回到北京后，我好像有点抑郁，整天感觉头比实际大出几倍，什么都不想做。看过心理医生，她说这是正常的创伤后应激反应，会随着时间而消失。在北京最冷的时候，我不敢关窗睡觉，忍着日复一日的感冒咳嗽。

我并不怕死，我怕的是心碎。

我做过记者，见过很多死人、很多事故、很多不公平，我比别人接触过更多的灾难背后的悲痛。可是人就是这么奇怪，只有灾难发生在自己家人身上时，才会明白心碎是什么意思。

出事后，我没有梦到我外甥女，按我和她的关系，她会来看我一次吧。这几个月，我跟她爸爸，也就是姐夫说过一次这件事。他最近开始跑步，每天跑十公里，我甚至不敢打电话给我姐，总不能问一句，你最近好吗？——好个屁。我妈跟我说，让我把外甥女的微信删了。我没删，留个念想也挺好的，虽然也不太可能去听对话里的语音。

昨天早上我还在睡觉，做了整晚的梦，最后一刻，我坐进车里，正在系安全带，副驾驶位边的门开了，有人递给我手机，她说：“姨姨，你早就问过我有没有找小开男朋友。”——可是就在这个时候闹钟响了。

我听到闹钟响起来了，一声、两声、三声，声音越来越大，我知道我在做梦，是她来看我了。我一时着急起来，怎么办呢？我还有很多话要问她呢，可是闹钟响起来了，我不能留在梦里。

甚至来不及扭头看到她的脸，我就醒了。

起床后我很生气，安排这么多工作干什么呢？定7点半的闹钟干什么呢？我还有好多话想问她呢！梦会不断褪色，我害怕过完当天，连梦到她这件事都忘记了。于是我坐在椅子上，把这个场景反复地想了很多次，我坐进车里，她递来手机，说："姨姨，你早就问过我有没有找小开男朋友。"然后就开始哭，哭完就洗脸刷牙，出门办事。

至亲晚辈突然意外死亡，这种感受太复杂了，似乎也有积极的地方，让人更珍惜生命，更有安全意识，但很多时候我只是很黯然地想起她，我总觉得她还在长沙啊，没什么改变，后来认真想，她已经去世了。有时候在干个什么事，突然就想起她来了，觉得很黯然，没意思。

去年"五一"回长沙，请她和师兄吃饭，帮她介绍实习单位。吃完饭我带她去买化妆品，因为她长痘痘啊，没想到那竟然是最后一面。在殡仪馆见到她，眼泪不停地流啊流啊流啊，又哭不出声，心里就在说我的孩子呀。虽然她只比我小七岁，但是我总觉得她像我的孩子，我看着她出生啊，长大啊，从婴儿变成小孩，从小孩变成小姑娘，从小姑娘变成大姑娘。人们总会说要克服痛苦，但是痛苦是没有办法克服的，甚至没有办法遗忘，唯一能做的是和这种痛苦共处。

我刚刚算我比她大几岁，我想我只比她大六岁啊，怎么现在比她大七岁了，后来才想明白，她不再长大了。我大概是非常爱哭的人，遇到事情害怕就哭，觉得难过也哭，快要崩溃时也哭，反正只要有事，就不停地哭，可是哭完，还是像个正常人一样，工作和生活。

人好孤独啊，我们寒暄，聊天，递给彼此一支烟。没人知道，这个皮囊下，有一颗破碎的、正在哭泣的心。

因为生活比战场更残酷

最近看了《黑天鹅》和《摔跤王》，导演叫达伦·阿伦诺夫斯基，这是我查的，我根本就记不住四个字以上的人名，他竟然是个美国人，可是一个美国人为什么要叫这么奇怪的名字哦，搞不好祖上是俄国人吧。

说回电影，这两部电影，一部关于艺术，一部关于竞技，如果暴力摔跤可以叫作竞技的话。嗯，说起来，这两部电影特别类似，都是为某种追求而失去了所有。《黑天鹅》里女主角追求的芭蕾舞剧主演的角色，娜塔莉·波特曼是个自幼习舞的演员，一直不能出头，到了二十八岁才有个主演的机会，她决意一定要抓住，但是她跳舞过于认真而缺乏激情，她始终就不懂了，我×！什么是激情？难道我每天练习十二小时这种努力不值得赞赏吗？到底什么是激情？于是她走火入魔，睡导演，睡同剧的女演员，不知道是幻想中睡了还是现实中睡了，反正她走火入魔了。你可以把它看作走火入魔，但是如果非要得到点什么，必须得这样。

这片子很美，芭蕾舞者、乳白色的吊带衫，导演总是很注意每个细节的美感，让人不适的是那些伤口，扯下的皮肉，流出的血。每个美到极致的人，总是会出现一些残酷的伤口，鲜血淋漓。

《黑天鹅》是精致的美感里透露的残酷，不管看起来多美，生活就是这样。而《摔跤王》呢，则是一种暴力美学，伤口、流血、把订书钉钉进皮肉里，直接用感官刺激来让人痛苦。说起来，《黑天鹅》好看，而《摔跤王》更残酷。

《摔跤王》的主角是个过气的摔跤手，他曾经因为某个招数很受观众欢迎，一直在地下摔跤场演出。这种演出就是刺激感官，看半裸的强壮男人互相殴打，扇、捶、打、推、踢，用椅子拍对方，再从高处一跃而下把对方压得半死。男主角在风光的时候没有想过未来会如何，他抛妻弃女，一意孤行。他老了，打不动了，心脏也不好了，突然想起自己有个女儿，可是女儿不想见他，也不想原谅他。为了过上正常人的生活，他决定去超市打工，也为自己赚点医药费，毕竟过去那么多年身体实在打残了。

有一个镜头，让我觉得导演是个天才。

男主角穿上超市的白色制服，一路从厨房走过，掀开塑料门帘，进入柜台后方时，放的是他昔日上台比赛时播放的音乐，他仿佛还能听见那些尖叫、掌声，身上的白色制服如战衣。门帘掀开，音乐停止，热闹平凡的市声出现。

他吸了口气，因为生活比战场更残酷。

人们总以为镁光灯聚焦的舞台残酷，但并不是这样，那些灯光从未投射过的幽暗之处才更有说不出的平静的绝望。

两位主角都在最绚烂的时刻接近死亡。娜塔莉·波特曼得到了主演的角色，捂着伤口演出，最后一刻，血染红了白色的舞衣；摔跤王不顾残破的身体和稀烂的生活再次回到了赛场上，这次他好像快死了。导演也没说他们到底死没死，但是我觉得吧，还是死了好，毕竟目标已经实现，活着还有什么意思？

人嘛，就是为了虚荣而活着，宛如烈火，至死燃烧。

女作家和八卦

作家和女作家是两种截然不同的职业，说男人是作家，是指他以写作为业；而说女人是作家，似乎更像是种身份认定。电影《黄金时代》拍的是女作家萧红的一生，虽在台词与旁白中引用了许多作品原文，但故事还是围绕在她与萧军、端木蕻良的爱情故事上。

电影收尾处，萧红临终前说了句话，大意是人们会知道我的八卦，不知道我的书还有没有人读。这与许多人对电影的批评类似，潜台词是："你们怎么只知八卦，不去好好读书？"可如果我真要好好读书，干吗要去看电影呢？毕竟八卦的魅力本身比作品更甚。

女作家的八卦，向来就是增加作品魅力的砝码。萧红的一生，逃婚、同居、弃子、与两个男人恋爱，置身当时的社会环境，不得不说了不起。在自由恋爱像丑闻的时代，不管她出于什么原因违逆父母之命，叛离家族，都是勇气可嘉。她要决绝到什么程度，才能两度生下孩子又扭头扔掉呢？又爱萧军到什么程度，才能忍受他数度出轨？她的人生经历比起同代女性复杂了许多，可遗憾的是萧红的作品并未呈现出这些复杂与深度。

即便在她最好的作品《呼兰河传》中，萧红也没有写出这种复杂。无疑，萧红是写得好的。书中以她的童年经历写东北，记录这粗粝的寒酷世界里的人的生活，有温情，有苦难。无论是写景、写农人，萧红都极有才华，能够捕捉到东北世界的精神本质。她写过："在乡下，人和动物一样，忙着生，忙着死。"这句话是她的天分，与李后主的"胭脂泪，相留醉，几时重？自是人生长恨水长东"这种出自天分而非反思的才华类似。

萧红是本质接近赤子丹心的诗人，以天分见长，而不思考。她不能写自己，在《呼兰河传》中，每每自己出现，作品的智力就停留在了十岁。虽然这部作品以女童为视角，但作者也一派天真烂漫，让人腻味。毕竟纯真只值得欣赏片刻，而复杂才是对成人世界的奖赏。

萧红当然不可能如此简单。在写作中，她或许刻意将真实的感受隐藏起来，正如她两度弃子。这些沉痛、深刻的感受，萧红都没有写。她仅仅写了美妙的孩童记忆。她隐而不言对萧军的感情，如此深爱，又不得不眼睁睁看他出轨，转而嫁给端木，还赠其唯一的船票。在萧红生活里的每一天、每一小时，这些感受她都没有写。人们不能通过作品来了解她的人生，只能靠传闻与八卦。

这是拍萧红的难处，有人认为《黄金年代》是被史料压垮的论文，讲述者极多，矛盾不断，没有呈现出完整且流畅的故事。这是电影不得不有的缺陷，因为萧红隐藏了自己，而在世者又或美化或撒谎。选择任何一方的说法都会被认为有违史实。萧红的人生确如谜团，导演拎线头时不得不审慎再三，于是索性摊开诸方的说法，这与萧红的人生是相符的。她就是谜团，不可以被理解。那些表示通过萧红的故事看待人生冷暖的人，不过是掏心掏肺地表达自己而已。

萧红既然隐藏了对日常生活的真实感受，人们就只能通过八卦了解她。电影再将她的生平细致地考证一番，我个人觉得好看。三小时略长，偶觉沉闷，但电影确实很美。电影中，大量的旁白、不时出现的间离效果也有助于提醒观众，这不是故事，这是人生。那些相互矛盾的说法也体现了人性，老年的萧军和端木仍对过去的细节耿耿于怀。萧军亲口说："在我们恋爱期间，她没有对我不忠。"这是自私的男人，即便辜负她，也要强调自己没有被背叛；而端木仍在为上船先走而辩护，为自己洗白。

这些在多年后仍被津津乐道的绯闻有助于萧红的作品流传至今，对她而言不是坏事。至于那些说萧红脑子不好的人，无非是指她举着自由的大旗又依附男人的原罪。这是萧红的悲哀所在，她特立独行，逃婚叛家，空有一身才华，生在乱世，不是依附于男人，就是依附于意识形态。她辗转反侧，没有逃脱这种悲剧，最终死于疾病。如理解她的悲剧，就不会轻易责难。

而这些矛盾、不堪和谜团，也正是萧红悲剧性的魅力所在。

寒冬只读契诃夫

寒冬难耐，年关又近，读书的心是没有了。每年这时候就拿出契诃夫的书来读，我有一套《契诃夫小说全集》，又新近收了一套《契诃夫戏剧全集》。十四本书一齐摆开有些吓人。好在以前都读过，现在不用每篇都读，拣自己喜欢的看就好。

翻看作家全集，特别是按写作年表收录的全集，往往能发现一些有意思的秘密。契诃夫生于 1860 年，去世于 1904 年，终年四十四岁。他一生创作了几百篇中短篇小说、数部戏剧。有趣的是，他的创作数量是逐年下降的。契诃夫二十岁开始写小说；二十五岁时作品大量发表，进入创作高峰期。每年平均写四十到五十篇短篇，光是二十七岁那年就写了六十四篇。往后则逐渐下降，离世前一年只写了一篇小说。在他生命的最后几年间，每年都只写一到两篇小说，还有戏剧。不过数量很少，《樱桃园》是最后一部作品，光是这部就写了几年。

按照顺序来看，会发现契诃夫确实勤奋，并且越写越好。他最著名的几篇小说——《套中人》《带小狗的女人》《万卡》《第六病室》《万尼亚舅舅》和《樱桃园》都是后期作品。这么看起来有些古怪，纵向比较契诃夫所有作品，后期作品比早期优秀。大师在创作高峰期并没有写出最好的作品，而是越写越少时写得最好。

通读下来会发现早期有些短篇小说并不那么好看，甚至枯燥。这与“天才和灵感”的论调相反。

好作家不是天生的，好作品也不是灵感带来的，而是从坏作品中磨出来的。写作更像在沙里淘金，不得不承认捞起来的大多数都是沙子，只有持续反复才能拣出几粒碎金。这种事实显得乏味，远不如喝酒吃肉挥笔成金让人痴迷。

这些小说里我并不太喜欢最著名的《套中人》，它因为描写呆板、孤僻，只遵守现行体制的守法良民而出名。后世的解读比小说的力量更强人，单薄的意向被定义成型，失去魅力。读者往往喜欢总结意义而不去欣赏小说的技法。我喜欢的是《带小狗的女人》，这故事的美好在于两位污秽的主角在虚情假意后竟发现了真正的爱情。而且这篇小说技法精湛，用的是传统的悲剧结构，男女主角在第一次分别时觉察到爱情的来临。它的主题也是最契诃夫的——啊，生活！

契诃夫笔下的人物总是在等待、渴望真正的生活。焦躁的万尼亚舅舅抱怨不知为何人到中年却从来没有真正生活过。他们都痛恨岁月流逝，而对时间不知所措，永远追问我应该如何生活。契诃夫并不是在懊悔时间流逝，而是对生命有种迫不及待的焦虑感——人们应当如何度过一生？在他看来，那些懒散的贵族、虚伪的知识分子、傲慢的官员、受苦的穷人，从来都没有真正地生活过。

关于如何生活，契诃夫也给出了答案：人必须有工作！必须工作！他一生都在不停地写，即便去世前几年身体不佳也没有停止过工作。这些后期的小说，简直是他留下的礼物。寒冷的冬日里慢慢读着，治愈了年关将至、毫无所得的失望。冬天真不适合工作，连振奋都很困难，只好躲在契诃夫的世界中，那里更冷，冬季更长，而每个人都急切地寻找着生活。

请做个有钱的弱者

8月的一个凌晨，我到同仁医院眼科挂急诊，去了一次传说中的同仁医院，结果大吃一惊。刚到医院门口，我发现地上密密麻麻躺了几百号人，人们在身下随意铺开几张纸，老人、女人和小孩就睡在上面。

对医院不太了解的人可能不知道，同仁医院被誉为中国最好的眼科医院，很难挂上号。在这里挂号很便宜，六十二元，但如果不睡在同仁门口，几乎没有可能挂上。当然了，还有很多票贩子，俗称黄牛，他们也守在这里。分辨患者和黄牛很简单，病人都睡在地上，而黄牛带了折叠板凳。

到了急诊室，满满当当都是人。因为北京其他医院的急诊眼科很少，深夜出了眼睛事故，一般都会选择来同仁。我看到了被打破了眼眶的小偷、被刀刺伤眼球的外国人、在KTV斗殴打破眼的年轻人、打架被扎得双目充血到几乎失明的民工。我跟他们的家人一起排队挂号，是的——即便是看急诊，也得挂号。

跟他们比起来，我不算严重。这一年因为生病，定期去医院做眼球注射，那天特别不巧，注射后眼球肿得厉害，眼球表层充满了血，白天还不太在意，以为不要紧，到了晚上，麻药一过，觉得疼得厉害，就去同仁看病了。

排在我前面的是由四个警察羁押来的小偷，他眼眶被打破了。

医生问："怎么回事？"

小偷说："被打的。"

医生问："用什么打的？"

小偷说："拳头。"

医生问："还看得见吗？"

小偷说："看得见，但是头痛。"

——这时警察插了一句："活该。"打小偷那人也被拉到医院来了，站在门口没说话。两人都戴着手铐，小偷的鞋带还被拆了下来，或许是为了防止逃跑吧。

医生继续问："那做个CT吧？"

小偷问："要多少钱？"

医生说："六百多，做吗？"

小偷回头看了看警察，说："不知道。"

——警察又插话："问你什么就说什么。"

后来一行人出去了，也不知道做没做 CT。

门外那个被刺伤的外国人，身边的女友焦急地打着电话，说马上要进手术室。医生检查了我的眼球，说先止血，再观察，不行白天再挂个门诊看看。我到楼下缴费，一群年轻人排在我前面，他们似乎有些兴奋地谈论起打架的经过，某某喝多了，看某某不顺眼，掐了某个女孩的脖子，那女孩的男朋友又拿起酒瓶打人，打破了头，又伤到了眼睛。有个穿着长裙的时髦女孩说："早知道今天要打架，就应该穿裤子。"

我们身后是一个躺在担架床上的农民工，衣服和床上全是血，眼睛被蒙上了，不知道状况如何。他的工友和老婆守在旁边，很沉默，一群人呆呆地守在大厅里。

我拿完药，他们还守在大厅里，只是他老婆似乎不见了。我走出医院大门，意外地看见她坐在门口的台阶上。这时候是夏天，即便是深夜，空气仍然温热，温暖的空气并未让这件事显得不那么残酷。我想，如果是冬天，她坐在台阶上，是不是更残酷，我不知道。

上周因出了车祸，肇事司机一副蛮横、泼皮无赖的嘴脸，我和朋友气不过，觉得自己软弱，不会吵架，连说话声音都很小。我们当时希望有个什么东北大哥之类的，如果可以有人凶狠地帮我们吼吼，或许我们就不用受欺负了。

可是现在，我站在温热的空气里，决定还是不羡慕和使用暴力——只有失去了健康，甚至失去了眼球的人，才能体会到为一时愤恨可能付出的代价有多大，不是吗？至于那个坐在门口的妇人，我不知道她在想什么，是为了医药费吗？还是为了丈夫失明后的生活？如果可以的话，做个有钱的弱者，不要让亲人为自己独坐在台阶上。

我又路过那片熟睡在地上的人群，其中有个小孩睡在纸板上，我特意看了看他的眼睛——上帝呀，他是健康的，万幸。

谈谈钱

我时常收到很多留言，发消息给我的尽是些文艺青年，他们的问题大多类似，总结起来就是：不想工作，想追求理想，不想赚钱，只想流浪。

怎么说呢，我觉得工作是社会化很重要的一部分，很多人能在工作中体会到快乐、成就感和存在感。而你们恰好不属于这类幸运儿。实际上，前者活得更容易，而后者更真实。我属于后者，只觉得工作琐碎和烦恼，但我喜欢赚钱，所以总是在不停地工作，没有进账会让我觉得不安全和不自由。

钱能让人觉得自由。比如说，老板让你去做你不想做的事，你转身查了一下账户，存款够活半年，就可以大声对他说，去死吧，傻×！比如说，你的恋人要分手，你又转身查了一下账户，存款够活一年半，就可以大声说，去死吧，没有你我也可以活下去。这种例子还可以举很多，这只是俗世层面的自由，但它确实可以让你在精神上更独立。我们要赚钱，但是不要忘记我们为什么要赚钱，它只是让人自由的工具。你妈让你考公务员的时候，你把一沓钱摆出来说，看，我也能过得很好。你就拥有了不被打扰、不违逆自己意愿的自由。

但钱不是万能的，时下很多人嘲笑文艺青年幼稚，因为文青们把精神和物质对立，认识二者不可兼得，或许是认为这样不纯粹。这种嘲笑是对的，但也没多对，他们不明白文艺青年的好处，有过一段纯粹的时间也很重要。我一直觉得，在青年时候做文艺青年很有价值，就算变老后也不至于太蠢。钱能让人变蠢，就是这回事。

但没钱让人更蠢。

你为什么这么穷

我是个很有远见的人，一向为生活做长远打算。为防止日后流落街头，我读了《贫穷的本质》，想知道贫穷到底是怎么一回事，即便以后我穷得只能捡垃圾吃的时候，也知道自己出了什么问题。这本书是美国麻省理工学院两位经济学教授阿比吉特·班纳吉和埃斯特·迪弗洛花费十五年时间，在五大洲最贫穷地区做调查得来的成果。他们寻找的答案跟我一样——贫穷是怎么来的？

他们在做了若干调查后得出的结论之一是：你穷，是因为你父母很穷。

富人的孩子越富，穷人的孩子越穷，这毋庸置疑，但问题并不在两代人的财富积累，而是富人有足够的钱为成长中的孩子抓住一切机会。假使两个资质相同的孩子，一个生在富人家，一个生在穷人家。两个孩子都不爱读书，穷人家的孩子可能小学还未读完就被送去工作，因为父母看不见教育投资的回报；而富人家的孩子则不同，他可以继续接受教育，父母竭力帮忙，成绩不好也可能有别的天赋，几十次失败的尝试后，或许能挖掘出孩子擅长之事，那他往后成功的概率就高。而那些很有天赋的穷孩子，在成长中没有机会去屡次挖掘潜能，过早地成了工人和小店主，他们原本是有潜力成为银行家或音乐家的。

这只是导致贫穷的因素之一。正常、健康的人在社会里有很多机会摆脱贫穷，比如保持健康、预防疾病（患病对穷人来说是毁灭性打击）、找份工作。可为什么穷人没能成功呢？两位作者走访过非洲许多国家，想知道世界上最贫穷的人如何生活。他们发现，就全球穷人最多的五十个国家来说，平均贫穷线是每日只有九十九美分可花。如果一个人每天只有这点钱，那他会将大部分钱花费在食物上，这意味着穷人接收信息的渠道会受限——报纸、电视和书籍都是要花钱的。

穷人可能对某些信息一无所知，比如接受疫苗可以让孩子免受麻疹的痛苦，购买健康保险可能让你在患病时不至于绝望，在穷人的世界里，这些信息可能是不存在的。

信息渠道闭塞让穷人失去摆脱贫穷的机会，不知道基础教育的重要，过早让孩子辍学，让第二代人也失去成功的机会；不知道在水中添加消毒剂，可能会让孩子患上疟疾。这种疾病不只治疗费钱，甚至会永久损伤孩子的认知能力，让他日后成功的概率又大大减少了。其实投入基础教育和预防性措施所用的花费，会带来更长远的收入，但信息匮乏让人短视，省下手里的钱似乎更重要。

而省钱对穷人来说简直是灾难。穷人可以通过减少日常开销，存储小额现金，累积一笔财富。对穷人来说，少喝一杯茶或许能存上五美分，但这需要自控能力。穷人需要与自己搏斗才能将牙缝里的五美分存入银行，而这对富人来说简直轻而易举，不用少喝一杯茶就能存下不少钱。

这就是说，人越有钱就越容易做正确的事。有些穷人失败了，并非他们自控能力差，贪图眼前享受，而是因为穷人需要不断运用这种自控能力，失败概率太高。而富人生活在有消毒自来水的社会，享受义务教育，强制购买社保，他们不用使用自控能力就能做正确的事。这听起来让人绝望，似乎穷人的世界到处是陷阱。

这是真的。

社会对穷人并不友好，银行就不喜欢穷人。假如你想做笔小生意，只要一百美元的本钱，想问银行贷款。可银行需要人手来调查贷款人背景，办理手续，这花费的人力成本远远大于一百美元的利息。如果有一万人想要贷款一百美元，银行就需要花费更多人力成本，这会导致利息增高，阻碍穷人贷款。实际上，贷款一百万美元比一百美元要容易，但哪间银行会把一百万美元贷款给穷光蛋呢？穷人连存钱都比别人困难，如果你咬牙切齿一周存下了一美元，发现银行开户需要两美元的手续费，是不是感受到世界对穷人浓浓的恶意？

是的，就是如此险恶。

那些最穷的人摆脱贫穷实在太难了，这就是贫穷的本质，越穷，就容易更穷。

生病一年

前阵子放假，我妹妹到我家来过节。她今年考上了北京的大学，假期和周末都会来我家过夜。她是我亲妹妹，同父同母，但我很少跟她相处，她刚出生时我就被爸妈送到市区念寄宿学校。后来上大学，一直到工作，也没和她长期一起生活过。她突然频繁地出现在我的生活里，却没有让我不适应，反而有一种新奇的体验。这个假期，我们在公寓里喝茶、吃饭、看电影，她玩手机，我看书，窗外有些冷，却很开心。

前几天她问我："姐姐，你说我一个月生活费就两千块钱，可是买一双运动鞋要六七百块，那买了鞋我怎么吃饭啊？我想跟爸爸申请，买鞋的钱他出，你觉得怎么样？"我觉得很好笑，虽然她比我高很多，但还是很幼稚。我说："那你跟你爸说说啊，看他怎么说。”

但我心想的是我爸不会同意。因为我妹是个买鞋狂魔，一年要买很多双球鞋。后来临睡前她偷笑着告诉我，爸爸同意啦，她的生活费自己花，买鞋的钱他出。

我非常意外。虽然她是我亲妹妹，但我发现她跟我很不一样。我记得大学快毕业前在报社实习。那时实习生没有薪水，就靠写稿赚稿费，但实习生发稿的机会并不多，就算拼命跑新闻，每个月最多也就两千块钱。等我交完房租，扣掉吃饭的钱，其实已经没多少钱了。还好当时我大学同学和男友租了一套二居室。我和他们住在一起，她象征性地收一点房租，三百块钱我就有了独立卧室。

那年广州的冬天很冷，我很想买一双UGG，但是正品太贵了。我就去市场上买了一双八十块钱的雪地靴。有一天我出去采访，路过一个水坑，我没留意，一脚踩进去——很扯的事发生了，我发现我的雪地靴化掉了！

我认真看了看，我的这双雪地靴的鞋底是纸壳和塑胶做的。我踩了水，纸壳就化掉了，一走一个纸浆脚印。当时我就震惊了，这个世界上还有纸壳做的鞋啊！

我妹妹跟我说了她要钱买鞋的事后，我想为什么当时我不肯打电话给我爸求助呢。

我认真想了想，可能是因为我还没有学会伸手向人求助，表达金钱和情感的需求有障碍。在平时的生活里，流露太多的情绪，总让我觉得羞耻，遇到好的事，羞于说谢谢；遇到不好的事，也很难向人倾诉。这或许是一种人格障碍吧。

今年对我来说，是很糟糕的一年，真正的那种糟糕。

去年10月我回家，我妈总觉得我眼睛不对劲，很古怪，她要求我去体检。血检后，医生问我是否觉得手抖、心慌、亢奋、很爱吃东西。我当时很惊讶，他怎么知道？这半年我每次吃饭，拿筷子的手都抖得不行，而且经常整夜整夜睡不着。当然，也很爱吃东西。

大夫告诉我，虽然血检还未出结果，但他判断我得了甲亢，后来血检也证实了这个结果。如果不是因为我妈坚持让我体检，我可能到现在也不会知道甲亢是什么。跟大多数人一样，我对甲亢一无所知，以为是什么大脖子病。其实不是。甲亢是甲状腺功能亢进，而大脖子病是甲状腺功能减退。后来我查了很多资料，想知道为什么我会得这个病，但是目前的医学无法解释病因，但幸好它不是重病，可以被治愈，只是治疗期很长，通常需要两年。

因为症状严重，我立即开始治疗，且单独治疗眼睛，当时我眼球凸得厉害，我妈说我晚上睡觉睁着眼，很吓人。

幸运的是我自己看不见。

今年3月，因治疗频繁，我每周要花大量时间在医院，于是暂停了自己的工作。我很喜欢这份工作。从去年开始到现在，一整年里，挂号、拍片、抽血、诊断、拿药、复查，我累计去了九十多次医院，眼球注射十四次，抽血七次，吃药超过一千片。

不仅如此，因为眼凸严重，我还接受了糖皮质激素治疗。激素治疗的结果就是肥胖。更糟糕的是，除了副作用明显，激素对我疗效甚微。

为方便去医院，我打算搬到城里来住。于是决定卖掉外省郊区的房子，换一套北京的房子。可在卖房过程中，我遇到了外省毫无原因的停止交易。当时买家付了我三万元定金，而我付了二十万给我的卖家。这时买家要求毁约，拿回三万元，因为这是不可抗力导致的交易失败。

我失去了卖房的钱，房子又不知道什么时候才能出售。如果我两周内交不出首付，这二十万就拿不回了（北京并没有停止网签，没有不可抗力因素）。我想了很多办法，比如抵押郊区的房子补上贷款，但程序很多，时间跟不上；比如找中介公司贷款补上首付，且将郊区的房子交给他们出售，届时可以还上贷款。但出于种种原因，这些办法都失效了。那段时间正好我的第一本书出版，在不同的城市签售。除了“焦头烂额”，我想不到更好的形容词来描述那段日子。最终我决定这笔钱不要了。违反了合同，就要付出代价。

当然了，我觉得很累。那天从医院出来，又没有工作，也不知道该上哪儿去。翻了翻手机，问了一位朋友是否在家，打算去她家坐坐。朋友见我很沮丧，问我怎么回事。我就把这堆烦心事告诉她了。其实当时我与这位朋友算不得很熟，对彼此的日常生活也并不了解。她听我说完，非常震惊我竟然连二十万都不要了。

我解释了半天，不是我不要了，是我不能要。她说："不行，你去借啊，你到处借啊，我先借给你。"

于是她当场就转了二十万给我。

我有点感动，但更多的不是感动，而是被这第一笔钱催生了勇气——对啊，你去借啊！你为什么不找朋友帮忙渡过这个难关。

于是我打开微信，问了十多个朋友。一小时里，他们纷纷查账户，问家属，然后告诉我可以借我多少钱。

一小时后，我借到了一百六十五万，凑齐了。

当时我很意外，对呀，为什么之前不肯将情绪和麻烦告诉别人，不肯伸出求助的手？

但更意外的事发生了。外省网签突然又开了，我又有首付了。第二天，我让朋友们别打钱过来，有些打来的就退回去了。现在我并不想把他们的名字写出来表示感谢，实际上，我也还没有谢过他们。

后来我跟那位第一个借钱给我的朋友熟起来，发现她也是个和我截然不同的人。我惊讶的是她是个直接表达感情的人，开心，不开心，喜欢，讨厌，她懂得照顾别人的情绪，也可以顺畅地表达自己的情绪。我意识到她和我妹妹都是更健全的人，人格没有障碍的人。

说回生病。激素治疗结束后，我一度很畏惧出门，拒绝了所有的饭局。很怕别人问，啊，你怎么了？你的眼睛怎么了？你怎么突然胖这么多？你变得好难看啊！我要一遍遍解释，为什么为什么，甲亢是什么，眼睛可能会好起来也可能不会。但这种对话里的关心、惊讶和误解，让我很疲累。

我是个很爱漂亮的人，这让我很沮丧。

有一天和几个人聊天，说起自己喜欢的生活方式。有个人说，苏更生的生活不错呀，另外一个人脱口而出，可是她生病啊！我当时有些难受。我意识到，原来生病成了我的弱点，这并不是我的过错，但我总是因为并非过错的失败而感到羞愧。

是的，我病了。每周去医院排队，和平均年龄七十岁的病友一起等待，看着时间白白浪费，一天又一天。我不知道跟谁，以及如何表达自己这种感受。

我选择去运动，每周去健身房做无氧运动和跑步，规律性分泌内啡肽让自己快乐，产生一种生活还掌握在自己手中的错觉。同时医生更换治疗方案，用另一种药配合眼球注射。很快，我的眼睛好多了，眼球回到了眼眶里。这个过程说起来很快，但其实每天看着的人，比如我自己，觉得变化并不大。但回放五个月前的照片，确实好多了，出门再也不会有人一眼看出我是个甲亢患者。

你以为我写的是我如何战胜病魔的吗？——不，实际上，我差点被病魔战胜了。

接受了新药治疗后，虽然药效明显，但副作用也很大。有一天晚上，我洗完澡出来，突然发现自己看不见了，我当时以为是洗澡缺氧，缓了一会儿后，我发现我也不是完全看不见，而是看得很模糊，眼睛就像蒙在一层白纱后，模模糊糊，看光源带着几圈光晕。

几小时后，没有好转。我以为我快瞎了，感觉天昏地暗，开始号啕大哭。我之前还以为眼球外凸就是最糟糕的事呢，不不不，瞎了才更可怕。第二天去医院检查，大夫告诉我眼压过高引发了青光眼，导致视力受损，必须立即降低眼压，以免恶化。

我松了一口气，还好啊，只要眼压降下来就不会失明了，你看也没那么糟啊。运动也让我变得稍微健康一些，体脂率降低，瘦了一圈。虽然没有完全好起来，但已经不是一个虚弱、浮肿、怯懦的病人了。

生病一年，我学习到的最重要的事，竟然不是身体健康有多重要，而是我学会了如何表达感情，婴儿学步似的认识情绪，表达情绪，学会示弱，学会求助，学会剥除情感硬壳去接近别人。人总以为成长在十八岁后会停止，不是的，成长是缓慢的，需要精心学习。我妹妹之所以是个人格比我更健全的人，无非是因为她有一对更好的父母，换句话说，我的父母也在成长。

十八岁后，我们被抛入这个世界，以为被贴上成年人的标签就可以与这个世界相处。可结果呢，我们这些人格有缺陷的人在自我煎熬和折磨里，损耗了太多的时间和精力。

有一次，另外一个朋友对我说，她好多年前在某个树洞里捡到过一张双色球彩票，她觉得这是上帝的指示，就用这列数字去买了彩票。毫无疑问，上帝根本不想理她，她没有中奖。但是这些年里，她每次觉得很绝望时，就用这组数字去买双色球，因为开奖需要两三天时间，她多了一个活下去的理由，搞不好中大奖呢？但她一次也没中过奖。可就在这两三天后，她已经好了，不再需要双色球活着了。那天她把这组号码告诉我，让我也去买，这一年过得太衰了，不是吗？

甲亢磨人的地方是，它是慢性病，需要长期治疗。接下来的日子里，我还是要上医院，重复挂号，抽血，诊断，吃药，注射。回到那个问题，我喜欢什么样的生活方式——不管有钱或没钱，生病或健康，我还是喜欢我的生活，像我这样局促不安地活着，并试图成为一个更好的人。虽然会间歇性地哭泣、沮丧、绝望、歇斯底里，但我还是在努力地学习让自己热爱生活。这不是什么有美满结局的故事。生活不是故事，是一秒一分的真实。

这一年里，我时常浏览甲亢病友交流的贴吧。虽然里面有不少看起来很可疑的药物和医院广告，但是还是有很多病友提供自己的经验，比如，曾因激素治疗而增肥五十斤的人，激素褪去，变回原来的样子；比如凸眼的人，眼球回到了眼眶里。他们，不，我们在交流病情，分享经验，鼓励陌生人不要灰心。

有一天我闲逛贴吧，看到了一个很特别的帖子，有个病友转手甲亢治疗的药物。治疗甲亢的药物大多很便宜，他卖的这种药才四块钱一瓶，总共才五瓶。他写道：本人治疗甲亢已接近好转，但又查出癌症晚期，用不上了，卖给需要的人。

帖子后面有很多遗憾同情的留言，实际上我也为他的贫困和末路而感到伤心。但是那一刻，我心中的敬意多过同情。没错，这就是我喜欢的生活的态度——临死出售价值二十块钱的药物，在绝望中保持倔强，保持尊严。看着看着我就流出眼泪来，我们如此脆弱，但同时，人类也非常了不起，不是吗？

这一年的奇妙旅行

2016 年过去了，也并非没有什么可怀念的。去年一年，积累出了前所未有的飞行里程，年末一看，简直吓人。1 月那会儿，北京冷得厉害，没做计划，直接买了机票去普吉岛。去过泰国几次，大多都在泰国北部，第一次飞泰南，竟然飞了五个多小时。

飞机离开北京后不久，蓝天就重新出现了。到了普吉岛，从冬天到夏天，感觉一下就活了过来。岛上女生穿着比基尼，男人穿着游泳短裤，人人都穿一双夹脚拖鞋。不管年纪多大，如此袒露身体，总有生机勃勃之感。热带树木葱绿，酒店的庭院里满是高大的树木。浓荫之下，躺在椅子上午睡。刚离开北京的我，感觉此地真是好极了。人们在沙滩上晃晃悠悠，有的游泳，有的晒太阳，一派人间天堂之景。

每天除了瞎逛，就是躺在酒店里看书。漫长的夏日午后，喝冰水，读小说，在风扇下打瞌睡，等太阳落山后就去海里游泳。

到了春天，新书出版。我带着书在国内做宣传，天南地北，十多个城市到处飞。在青岛的时候，正好遇到倒春寒，冷得厉害，傍晚时候去看德国人当年修的教堂，与巴洛克建筑不同，德国人修的教堂朴素，虽然还是尖顶，但看起来要沉稳朴实得多。有人在里头唱圣歌，我站在教堂外面听了会儿，歌声在拱顶里回响，有种神圣感。隔阵子飞到大连，又是完全不同的景象。或许是靠海的城市都有一种怡然自得的气象，海边的山间别墅散落，环山公路绕下去，海面虽然不够蓝，但也还是很漂亮。卖书的工作也都忘得差不多了，但对城市的印象却留在记忆里。

辗转到江浙一带，在宁波时睡在一间书店的阁楼上。旅途劳顿，下了飞机就睡。睡到傍晚起床，推开窗，一股潮湿之气又带着咸味。此地小而富足，或许是自古就富庶，人们的生活也讲究，吃的东西也精致。奇怪的是，虽然去了苏州和杭州，或许是匆忙的缘故，反而对宁波最有印象。忙完工作，驱车到了山边，看氤氲环绕的群山，对着山等晚上吃饭。毕竟是工作，免不了与人吃饭，同席的人也不大记得。只记得坐在露台，看着对面水墨似的群山，那种饿着肚子的宁静，让人有了不想离开的念头。

卖书之旅快结束时去了郑州，和北方其他城市差别不大，却对一条街印象深刻。晚上回酒店的时候，开车路过那条街，两边的树长得奇特，因有电线，树杈竟然分开，绕开电线向两边生长，高过电线后，又长在一起。就像是电线从树心中穿过，而两只树的手臂抱住了电线。路灯昏黄，一条路的树木拥抱着，觉得神奇极了。

春天过后，终于消停了，不再四处乱跑。10月底到四川。去四川是为了去北川，2008年汶川地震，北川同时受灾。震后汶川原址重建，地震中被毁的建筑悉数拆除，但北川不一样，北川是异地重建，原址成了地震博物馆。也就是说，北川保持了地震后的样子。我们到了成都租了台车，直接开到北川去，进入县城边缘，倒塌、倾斜、裂开的建筑到处都是。进入了县城，一切都像定格在了2008年5月12日下午。

有些房屋垮了一半，露出室内的模样，浴缸挂在天花板上，有些沙发横在窗边。水泥板像棉被一样柔软，挂在建筑上方。这些电视里都看过，人在灾难面前的脆弱不需要再说了。走到县城边缘，只看到一座山。这座山和普通的山没有两样——山上有石头，有树，有草，我原本以为它就是座普通的山，只看到山边插着一块牌子，上面写着：北川中学。

那一刻我愣了会儿，这原本应该有教室、有操场的地方，变成了一座山。而时间流转，它真的变成了一座山。这种恐惧和震撼，只能让人沉默。

年末的时候，临时买了张机票到香港跨年。还是从冬天到夏天，走在熙攘狭窄的香港街头，四周都是餐馆，人人急急忙忙朝同一个方向走去，真的没有人牵着手。虽然走得很急，但心一下就从容下来。回想这一年的旅行，它的意义或许就是剥离了日常生活后，用全新的价值观去打量世界，重要的事情变得不重要，微小的感受变得很真切。

去年的旅行已经完全结束，不顾一切，只为了离开自己的生活。新的一年开始。年末那天我们准备在时代广场倒数跨年，后来撑不住回酒店睡觉。12 点的时候，烟花炸开，从窗户望向海湾，漫天的烟花倒映在海面上，人们在雀跃欢呼，声音继而被炸响的烟花声淹没。新的一年就要来了，不管未来怎么样，起码此刻，我是开心的。

欢迎再到
中华人民共和国
Добро пожаловать снов
Китайской народной республики

图书在版编目（CIP）数据

亲爱的，去生活 / 苏更生著 . —北京：北京联合出版公司，2018.3

ISBN 978-7-5596-1424-7

Ⅰ . ①亲… Ⅱ . ①苏… Ⅲ . ①随笔—作品集—中国—当代 Ⅳ . ① I267.1

中国版本图书馆 CIP 数据核字（2018）第 003669 号

亲爱的，去生活

作　　者：苏更生
策划出品：青橙文化
监　　制：王二若雅
责任编辑：夏应鹏
特约编辑：王利飒　张小芋
封面摄影：勺布斯
内文摄影：苏更生　勺布斯　燕二小姐　Grace
封面设计：好谢翔工作室

北京联合出版公司出版
（北京市西城区德外大街83号楼9层　100088）
三河市文通印刷包装有限公司印刷　新华书店经销
字数153千字　880毫米 × 1230毫米　1/32　7.75印张
2018年4月第1版　2018年4月第1次印刷
ISBN 978-7-5596-1424-7
定价：39.80元